全民阅读精品文库

陈海强

著

把世界抱进摇篮

中国言实出版社

图书在版编目（CIP）数据

把世界抱进摇篮 / 陈海强著 . -- 北京：中国言实出版社，
2018.6

（当代实力派作家美文精选集 / 凌翔，汪金友主编）

ISBN 978-7-5171-2810-6

Ⅰ. ①把… Ⅱ. ①陈… Ⅲ. ①散文集－中国－当代
Ⅳ. ① I267

中国版本图书馆 CIP 数据核字（2018）第 127802 号

责任编辑：葛瑞娟
文字编辑：赵　歌
出版统筹：李满意
插图提供：荷衣蕙
排版设计：叶淑杰
　　　　　严令升
封面设计：戴　敏

出版发行　**中国言实出版社**
　　　　地　　址：北京市朝阳区北苑路 180 号加利大厦 5 号楼 105 室
　　　　邮　　编：100101
　　　　编辑部：北京市海淀区北太平庄路甲 1 号
　　　　邮　　编：100088
　　　　电　　话：64924853（总编室）　　64924716（发行部）
　　　　网　　址：www.zgyscbs.cn
　　　　E-mail：zgyscbs@263.net
经　　销　新华书店
印　　刷　三河市金元印装有限公司
版　　次　2018 年 6 月第 1 版　　2018 年 6 月第 1 次印刷
规　　格　710 毫米 ×1000 毫米　1/16　13 印张
字　　数　180 千字
定　　价　49.80 元　　ISBN 978-7-5171-2810-6

推荐词

乡村和都市，亲人和师友，游历和阅读，求学时光和军旅岁月……亲历性作为这部散文集取材上的鲜明特点，赋予了作品一种饱满笃实、生活气息浓郁的质地。作者以真挚诚恳的笔调，抒写了自己面对大自然、社会和人生的种种感受和思考，文字朴实而生动，有一种内在的感染力。

——《光明日报》高级编辑、著名作家　彭程

陈海强从十几岁开始发表作品以来，在写作道路上经历了较为漫长的修炼过程，岁月磨砺了他的文字，也启迪了他的心智。具体到散文写作方面，他始终保持着文如其人的品质，深谙"真情铸就自感人"的道理，将真切的人生体验融入文本，以文学激发生命潜力、提升人生境界。读其作品，总能感觉到清新质朴的气息扑面而来，又仿佛有微光闪烁于字里行间。

——中国作家出版集团编审、著名评论家、文学博士　杨志学

陈海强的童年和少年是在西北乡村度过的，在他的记忆中，乡村的生活虽然艰辛，但充满着温暖和亲情。童年和少年的愿望是简单质朴的，他抓住了这个愿望，写他怀揣这个愿望及至实现这个愿望过程中的百感交集。他的作品中有烟火人间的愁苦冷暖，有中年回首的恍然觉悟，有军旅情深的悠悠缅怀，有人性人情的热情礼赞，有人生感悟的娓娓道来。

——鲁迅文学奖得主、作家　温亚军

一个写作者只有保留一份固执和天真，才会乐此不疲地将文字作为自己的事业。陈海强就是这样一个人，他钟情于诗歌、散文，不是为了索取，而是为了把全部力气用在这个事业上。他情愿以针掘井。他的文字也因此显得干净而纯粹，字里行间流出的是命运、苦难、安宁、梦想……

——军旅作家、诗人　丁小炜

海强这些年一直笔耕不辍，作为西北汉子，他用诚朴、热忱、厚重的笔墨为读者呈现了不一样的山与水、人与物、草与木，其作品读来文字简练、逶迤疏朗、哲思深刻，除却传统文人的内敛情感，无不体现了他深入骨髓的军人家国情怀。

——人民日报社《人民周刊》杂志社副社长、资深媒体人　程文静

散文的气质

红孩

每一个人都不是孤立存在的，他需要社会的滋养。社会就是人群之间的往来，既然人与人之间有往来，就必然会有人与人之间的评价。评价一个人，标准很多，可以用小家碧玉，也可以用大家闺秀，最简单的方法就是用好人和坏人区分。这在二十世纪六七十年代的电影中处处可以看到。而事实上，这世界的芸芸众生，哪里有那么多的好人和坏人，好人和坏人是相对的，就大多数人而言，基本属于不好不坏的人。

生活中，我们对一个人的外表评价，通常爱用"气质"这个词。譬如，形容某个女人漂亮，常用气质高雅；形容某个男人有修养，喜欢用气质儒雅。由此可见，气质这个词是人们所需要的，也是男女可以通用的。查现代汉语词典，对气质的解释有两种：一是指人的相当稳定的个性特点，如活泼、直率、沉静、浮躁等，是高级神经活动在人的行动上的表现；二是人的风格和气度，如革命者的气质。很显然，我们一般选择的是后者，前者过于确定，不过后者也让人感觉到是属于不好定义的那种。

同样，我们看一篇文学作品，往往也会从作家的文字中读出其人与文的气质。这就是所谓的文如其人。以我的见识，人和文在很多的时候并不一致。一个文弱的书生，他的气节和人格可能是刚硬的。鲁迅个头不足一米六，可谁能说鲁迅不高大呢？不管怎样，我们看一个人的作品总会很自然地和这个人的人品联系在一起。所以，我们在研究一个人的作品时，往往会从作家的社会性和作品的艺术性两个方面来考证。近些年，社会价值取向多元化，人们对过去的人和事也变得宽容起来，像过去被封杀被长期边缘的作家作品逐渐走向人们的视野，这些作品甚至如日中天地成了一段时间的文学主流。文学的艺术性与社会性，是不可割裂的，过于强调哪一方面都会失之偏颇。

　　散文也是如此。我们说一篇散文的优劣得失，其评价体系也很难绕开艺术性和社会性。当然，如果是风景描写的那种游记作品，就另当别论了。即使是风景描写，也不完全超脱于当时的社会背景，如《白杨礼赞》《茶花赋》《荷塘月色》《樱花赞》等。假设我提出鲁迅、冰心、朱自清、杨朔等作家的作品具有散文的优秀气质，不知会不会有人站出来反对？我想肯定会有的。据我所知，有相当多的一些作者，始终坚持散文的艺术性，而不愿提作品的社会性，似乎一提到社会性就是和政治挂钩。

远离政治，已经成为某些作家的信条。前几年，周作人、林语堂等二十世纪二三十年代的作家突然走红，就是被这类人追捧的结果。以我个人而言，我对散文创作的路数是提倡百花齐放的，风花雪月与金戈铁马都可以成为作家笔下的文字。我们不能说写花鸟鱼虫、衣食住行就题材窄、格局小，就缺少散文的气质。有的作家倒是常把江河万里挂在嘴边，可其文章味同嚼蜡，一点散文的味道都没有，更谈不上散文的气质。

我理解的散文的气质，首先是文字的朴素、洁净，如果一篇散文连这一点都做不到，就很难有别的作为了。这就如同我们看到一个衣衫不整的人，他怎么可能有好的气质呢？然后，作品的内容要更多地承载读者所要获取的知识、信息、情感、思想的含量。第三，在写作技巧上，要发掘出生活的亮色，特别是能在所见的人与物中悟出人生的道理和对世界的看法，且能熟练地运用修辞手法和文章的结构方法。第四，文章的意境要高拔出常人的想象与思维，具有超越时代的精神高度。第五，要做到内容和形式的统一，其内外气场要打通，要浑然一体，有霸王神弓那种气派。有了这些，还不够，一篇好的散文必须与社会相结合，要得到广大读者的认同与共鸣。这个社会的认同，光是一时的认同还不行，它还必须是超越时代的，像我们读《岳阳楼记》那样，要能产生"先天下之忧而忧，后天下之乐而乐"那样的人生思想境界，这才算真正地具有了散文的气质。

　　散文的气质是不可确定的，不同的作家创作了不同的作品，其气质也是不尽相同的。气质是最让人捉摸不定的东西，它像风又像雨，很难用数字去量化。大凡这种捉摸不定的东西，恰恰是审美不可回避的问题。艺术的美是感悟出来的，即我们常说的艺术就是感觉。在这里，我们也可以把散文的气质说成散文的气象，气象可以是眼前的，也可以是未来的。我喜欢"气象万千"这个成语，它如果作用于散文，那就是散文是可以多样的。一篇优秀的散文一定有着不同寻常的气质，拥有了这个气质，你就能鹤立鸡群，就能羊群里出骆驼。

　　　　　　　　　　　　　　（作者系中国散文学会常务副会长）

目　录

第三辑 逆光下的地坛

第四辑 我是一块远行的泥土

第五辑　文学从不遮蔽众生的表情

第一辑　结茧的心灵是无畏的

结茧的心灵是无畏的

在一个特殊的历史时期，一位女作家被下放到一处农场接受改造，被安排了一份挑粪的工作。每天，天没亮女作家就起床了。她用一根扁担挑起两只笨重的木桶，前往农场的公厕挑粪。女作家用一支木瓢将粪水从便池里舀入木桶，然后挑到附近的菜地。即便在那个年代，这样沉重的体力活也很少交给女人来干。对女作家来说，命运的安排似乎过于残酷了。

与女作家住在一起的是一群乡下姑娘，她们年轻健康、充满活力，是农场的养鸡员。女孩子们在劳动时常常感到疲惫不堪，但她们发现女作家干那么沉重的活，却总是表情平静，从未有过抱怨。一次，女作家不知从哪里找来一支香烟，刚刚点上就被前来检查的人员看到了。检查人员夺过女作家的香烟，扔到地上踩烂了。女作家并没有表现出愤怒或者委屈的神情，她对检查人员报以淡淡一笑。这微笑像清晨的阳光一样柔和，像薄雾缓缓升起，像风拂过疲惫的大地。女孩子们目睹了这一切。她们感到不可思议——一个被改造得连走路都有些困难的女人，竟然拥有如此自信的笑容！

由于每天跪在便池前用木瓢舀粪水，女作家的膝盖很快就磨破了。两只装满粪水的木桶有几十公斤重，女作家一趟趟往返在从公厕到菜地的路上。很快，她的肩膀就肿了，接着又磨破了皮，变得血肉模糊。溃烂的皮肤和衣服粘在一起，睡觉的时候都难以脱掉……但是，改造不能停下来！女作家必须在尽可能多的时间里俯身在便池前。她一瓢一瓢地舀着，一趟一趟地挑着，日复一日，永无休止。朋友们获悉她的遭遇，专程赶去探望。她给朋友们讲了个故事：据说西方神话中有个人做错了事，神便罚他用瓢舀大河里的水。年复一年，河水舀去多少就上涨多少，但这个人始终重复着舀水的工作。女作家觉得，这个人和自己的区别，只不过是一个人在舀河水，另一个人在舀粪水罢了。她笑着说：在河边舀水的人后来成了圣徒。

从冬天到春天，女作家的肩膀结出一层厚茧，沉重的担子没有压垮她的身子，反而使她的脚步变得从容和坚定。女作家的表情似乎永远保持着平静。后来，当女作家接到通知离开农场返回城市时，与她同住的女孩子们都哭了。她们握住女作家的手说，从来没有见过这么坚强的女人。女作家什么也没说，只是报以温暖的微笑。

很多年后，女作家重新开始写作，并在古稀之年重返文坛而震惊艺术界。回忆起在农场的那段日子，她说自己当时只有一个念头，一定要活下去！谈起那两只沉重的木桶，她说这两只木桶不仅磨硬了自己的肩膀，而且在自己心头磨出一层厚茧，从而让自己变得坚强起来，挺过了那段艰难的日子。

这位女作家的名字叫丁玲。历经磨难之后，她在文章中写道：结茧的心灵是无畏的。

人的一生中，难免遇到这样那样的困难、挫折和失意。如果在无边无际的困境中拥有一颗结茧的心灵，即便是灾难也可能转变为生命的财富。

　　因为，结茧的心灵穿越了风风雨雨，看清了人情冷暖。

　　因为，结茧的心灵蕴藏着生命激情，固守着理想和信念。

　　因为，结茧的心灵升起灵魂的旗帜，必将成为岁月的风景。

一八八九年春天的高尔基

一八八九年春天，俄国察里津火车站的守夜人高尔基辞职了。

他带着一个写满诗歌的本子和少得可怜的一点积蓄，要去拜访一位远在莫斯科的陌生人——列夫·托尔斯泰。察里津与莫斯科之间是曲折漫长的、一千多俄里的路途，有高山，有峡谷，有河流，也有雪原……但二十一岁的高尔基内心燃烧着理想的火焰——他必须找到列夫·托尔斯泰。因为在年轻的高尔基看来，列夫·托尔斯泰是唯一可以修改自己的长诗《老橡树之歌》的人。

莫斯科。

列夫·托尔斯泰。

高尔基在内心呼喊着。他上路了。

这个时候的察里津春寒逼人，处处是冰天雪地。尽管年轻的高尔基有执着的信念和无畏的激情，但他还是很快就感觉到了巨大的压力。衣食住行都没有保障，身上的积蓄很快就一无所有了。站在寒风中，高尔基清澈的眼睛中泛起一丝阴影。他仿佛听见察里津火车站的工友们朝着自己喊"快回来吧，你会冻死在路上的""就算不冻死也会饿死的""你是找不到那个大人物的，他不会见你这个穷小子"……

高尔基眼圈泛红，但他的泪水没有流下来。

在冰天雪地的尽头，一定会有温暖的春天！高尔基坚信自己能够走到阳光明媚的莫斯科。他不再彷徨，不再忧伤，一边省吃俭用，一边沿路打零工，有时候上午给人家搬东西，下午就开始赶路。在种种磨难中，高尔基始终坚定一个信念——要走到莫斯科！就这样，他一路上经过了波里索勃列斯克——塔波夫——梁赞——图拉——莫斯科。当他鹑衣百结地出现在莫斯科街头的时候，人们只是以为这个城市又多了一个年轻的乞丐。

只有高尔基自己知道，自己不是乞丐，而是来拜访这座城市最伟大的人物——列夫·托尔斯泰。然而在走遍莫斯科的大街小巷之后，高尔基吃惊地发现，竟然没有一个人知道列夫·托尔斯泰住在什么地方，甚至人们根本就没有听说过莫斯科有一个名叫列夫·托尔斯泰的人。高尔基的心头闪过一个可怕的预感——列夫·托尔斯泰根本就不在莫斯科！

这一年的春天，高尔基果真没有见到列夫·托尔斯泰。

在春天快要结束的时候，高尔基原路返回察里津。不过在返回察里津的路上，俄罗斯的大地上已经是春光烂漫、鸟语花香，高尔基内心洒满阳光，他被一种巨大的幸福包围着。在这次长途跋涉的过程中，他接触到了俄国下层人生活的方方面面，真实地感知到这个民族在平静的外表下暗藏着火热的斗争的激流。他耳闻目睹的这一切，已经为日后的写作打下了坚实的基础。

几年之后，高尔基开始发表小说，很快成为实力非凡的作家，并且最终成为闻名世界的艺术大师。

很多时候，取得成功不一定需要卓越的才华、相当的出身和充足的经济条件，只要有激情，有执着的信念，有不懈的努力和勇于跋涉的双脚，一切都有可能。说到底，只要拥有年轻和勇敢的心，一切都有可能。

一切都有可能！高尔基在一八八九年的春天已经证明了这一点。

第七个侏儒的扮演者

一八一九年春天，安徒生十四岁了。按照基督教的习俗，孩子在十四岁要进入教堂洗礼，以此表示一个人从儿童时代进入了成年期，不应该再依赖父母生活了。接受洗礼之后，安徒生就开始认真地思考，自己究竟可以干什么呢？夏天的时候，丹麦首都哥本哈根的一些演员到安徒生的故乡进行演出，安徒生由于对戏剧演出充满了热爱，所以当他提出要在部分节目中扮演没有台词的小角色时，剧组的人竟然同意了。一个演员对安徒生开玩笑说："聪明的小家伙，你应该到皇家剧院演出才对啊！"谁也没有想到，正是这句话，点燃了少年安徒生的艺术梦想。

安徒生执意要去哥本哈根寻找人生的目标。他对母亲说："我要出名，我会出名。"带着仅有的十三块钱，安徒生孤身一人登上了去哥本哈根的马车。临行前安徒生的老祖母抱着孙子泪流满面，一句话也说不出来。

一八一九年九月的一天，安徒生到达了丹麦首都哥本哈根，当他站在车水马龙的街头时，不禁为自己简陋的衣服、瘦骨嶙峋的身体感到自卑。还没有从童年的幻想中完全走出来的安徒生，第一次感觉到了孤单的滋味。眼前的哥本哈根与安徒生想象中的完全不一样。这里是富人的天堂，也是穷人的地狱。安徒生曾经听人说丹麦最优秀的舞蹈家沙尔夫人就住在哥本哈根。于是他很快就去登门拜访沙尔夫人。在向守门人苦苦哀求之后，安徒生见到了沙尔夫人。沙尔夫人为这个乡下孩子的勇敢感到喜悦。安徒生希望沙尔夫人收自己为学生。他使出浑身本领，又跳又唱。但沙尔夫人还是失望地看出安徒生并没有舞蹈方面的天赋，而且也没有接受过训练。她让仆人给安徒生一些吃的东西，就打发他走了。

经历这次挫折，安徒生并没有灰心。他又来到丹麦皇家剧院，这次他见到了皇家剧院的经理。经理看着眼前这个瘦高的孩子，脸上挂满了惊讶——因为安徒生对经理说，只要剧院愿意给自己每个月一百块钱的薪水，自己就可以胜任一切工作。在当时的丹麦，即使一个职业戏子也不敢向皇家剧院提出这样的要求。经理被这个孩子的天真惹恼了，他认为安徒生是来捣乱的小流氓，立即赶走了安徒生。

安徒生离开故乡时带在身上的十三块钱用完了，他陷入了困境。在几位陌生人的帮助下，他找到了一份面包房的工作。他从早到晚都要面对没完没了的杂活，只有到了深夜，他才有时间躺在床上构思着如何展开下一次行动。一天，安徒生在报纸上看到一位著名的歌唱家在哥本哈根举行音乐会，并且要开办音乐学校。真是天赐良机！安徒生立即动身了。他找到歌唱家的时候，歌唱家正在举办一个宴会，当时几乎丹麦所有出名的艺术家都在场。有了前两次的失败经验，安徒生从容地向守门人说明了自己的来意。出乎意料的是，歌唱家立即答应让安徒生进到宴会大厅。于是，当着丹麦诸多一流艺术家的面，安徒生鼓足勇气唱起了《乡村之恋》的咏叹调。他还向艺术家们朗诵了一段诗剧。歌唱家被这个孩子的执着、勇敢而感动，答应收安徒生为学生了。

但是，厄运没有停止对安徒生的打击。很快到了冬天，安徒生却只有一件破旧的外套，没钱买暖和的衣服。冬天还没有结束，他的嗓子就因为寒冷而变坏了。安徒生知道对学习歌唱的人来说这意味着什么。他恋恋不舍地离开了歌唱学校，重新流落街头。这个时候安徒生想到了回家，他的妈妈正在远方的家里期待着儿子回来呢。安徒生的泪水流了出来。但哭过之后，他还是选择留下来。

之后，安徒生先后干过搬运工、守门人、剧院的后台演员，以及各种可以活命的杂活。在剧院做后台演员时，安徒生终于迎来了人生中的第一次登台机会。在那场演出中，安徒生扮演了七个侏儒中的最后一个，没有任何动作和语言，他只要站在舞台的一个角落就行了。然而这一天对安徒生来说，却是他一生中最快乐的日子。他骄傲地站在舞台上，接受观众如雷般的掌声。尽管他也知道，人们也许根本就没有看见站在一边的第七个侏儒。但安徒生为自己能够站在舞台上激动不已。他给妈妈写信说，自己已经看到成功的影子了。那天晚上，安徒生手中紧紧地握着一张海报睡着了。海报上写着：第七个侏儒的扮演者——安徒生。

后来，安徒生放弃了歌唱和舞蹈的理想，但他永远记着自己扮演第七个侏儒的那个夜晚。就是那个晚上，他找到了自己一直追求的东西，那就是充满激情的人生。正是凭借这种激情和执着，安徒生终于找到了属于自己的梦想天空。

演好属于自己的角色

有人说，人生便是一幕戏剧，每个人都是扮演不同角色的演员。仔细想想，这句话其实挺有道理的。但是每个人扮演的角色，却不会一成不变。也许，今天你扮演一个风光无限的角色，明天就可能扮演一贫如洗的流浪汉。因此，当你在生活的舞台上扮演一个微不足道的小角色时，千万不要自卑，千万不要气馁。认真去做每件事，热情对待每个人，演好自己的角色，命运就一定会有峰回路转的那一刻。

曾经有一个小伙子，想在影视界做出一番事业。他刻苦学习，积极努力。终于有一天，机会降临了——著名作家古龙要拍一部戏，有人向古龙推荐了这个充满潜力的小伙子。在这部戏中，小伙子要扮演一个很小的角色，但却十分重要。因为他在剧中不仅要完成危险的打斗动作，还要与一名当红女星演绎短暂的爱情故事。小伙子摩拳擦掌，坚信自己能够完成导演的任务。然而，当古龙看到眼前这个大鼻子小眼睛、一脸憨厚的小伙子时，他开口就责备导演："我的戏能让这种人演吗？"女主角也抱怨导演："我无法和这么丑的人演爱情戏。"这是小伙子步入影视界的第一课。若干年后，有人问他："当年在古龙先生与您的见面会上，您扮演了一个怎样的角色？"小伙子坦然地说："我扮演的是一个躲在厕所里哭泣的人。"

哭过之后，小伙子继续回到梦想的路上。他把别人对自己的伤害，变成了打磨生命的砺石，在忧郁敏感的心灵上磨出一层厚厚的茧！从此，他的灵魂已经不畏风雨、刀枪不入了。今天，这个曾经躲在厕所里哭泣的小伙子，已经成为中国电影的一代巨星，他的名字叫成龙。

的确，人生来就在舞台上活着。开始的时候，你只是一个呱呱坠地的婴孩，一转眼就成了天真烂漫的儿童，而后你开始经历无忧无虑的少年、热情奔放的青年、宽厚沉稳的中年……无论你多么怀念生命中的某个阶段，你都不可避免地要随着岁月的流逝而变化。所以，你要扮演的角色也就不断地变化着。女儿、儿子、母亲、父亲、教师、军人，等等，你在这种不可抗拒的变化中走过了整个生命的历程。

然而在生活中，每个人不可能永远扮演着同样的角色。那么，我们又何必为了某一个卑微的角色而抱怨、叹息、气馁呢？守得云开见月明，哭是生活，笑也是生活，那么就高高兴兴地过好每一天，认认真真地演好属于自己的角色吧。

灵魂深处的声音

　　人的灵魂深处有一种声音，可以不断地告诉你什么事情你可以做好，什么事情你永远都做不好。有些人认真地聆听自己的灵魂，结果他就真的听到了这种神奇的声音；有些人什么也不愿意相信，包括自己，那么他永远也不知道灵魂深处竟然有一种影响自己一生的声音。

　　毕竟，神话早已经属于历史了。在我们的时代，最伟大的神话，往往也只是一本落满灰尘的书籍。一本书籍而已，在高高的书架上忍受着无人问津的命运。

　　五十七岁的美国男子泰勒·麦，热爱篮球运动，但他从没有参加过任何一场正式的比赛，他坚守着自己的梦想，因为他知道自己可以做好什么样的事情。从二十世纪七十年代开始，泰勒·麦致力于投篮研究，并且神话般创造了一项吉尼斯世界纪录——连续罚球命中二千零三十四个。当他带着妻子在全国各地做巡回表演的时候，人们简直无法相信这个秃顶的老头子竟然把投篮变成了一项艺术。

　　泰勒·麦成为了历史上最伟大的投手！美国职业篮球的巨星面对

这个微笑的泰勒·麦时，也只能叹服老人的神奇和伟大。著名的球星卡尔·马龙直言，"泰勒·麦是人类的奇迹"。是什么原因使泰勒·麦获得了魔术一样的力量？泰勒·麦说，"我知道这个球将要飞到什么地方"。因为泰勒·麦相信自己听到了灵魂的声音，它不断地告诉泰勒·麦应该将球在怎样的角度投出去。因为这种神奇的原因，泰勒·麦轻轻松松就获得了集中的注意力。

为了不断创造新高，泰勒·麦每天做八百个俯卧撑，进行数千次的投篮，反复总结不同的投篮技巧，不仅要接受无数的挑战者，还致力于编写自己的研究投篮的书籍。他说："当你面对自己的目标时，你必须听到一种声音，它就是你灵魂中的自信的声音，当这个声音对你说可以前进的时候，你就大胆前进吧！"

生命就是这么神奇的东西，你相信自己有这样的力量，那你就可能真的有了这种力量。说到底，你热爱奇迹，信仰奇迹，追求奇迹，奇迹就对你敞开了大门，奇迹就可能被你缔造。当奇迹来临的时候，你完全不必感到意外，因为一切都是循着你灵魂深处的声音进行的。

在被人遗忘的角落里

在这个世界上，任何事物都有它存在的意义。人是，物是，甚至一个蒙尘的角落，也蕴涵着某些出人意料的东西。一件事物被一部分人遗忘的同时，也预示着它将被另一部分人从另一个角度重新发现。遗忘和发现，诞生在不同时间段里，或者诞生在不同的目光里，或者诞生在事物的不同方面……

在广东佛山采访时，我听到一则故事。广东佛山是闻名全国的瓷砖生产基地，在每个瓷砖生产厂家里，每天都有相当多的瓷砖在生产过程中不慎碰坏边角，这些瓷砖因此被列入"废品"行列，堆积如山，毫无用处。而一位学装修的小伙子对这些"废品"瓷砖产生了兴趣。他在干活时发现，使用瓷砖进行装修的时候，遇到边边角角的位置，常常要将整块的瓷砖切割成不同形状，才能完成最后的工作。瓷砖质地坚硬，切割起来十分麻烦。一天，小伙子灵机一动，想起了那些堆积在工厂中的"废品"瓷砖。如果能够将那些缺边少角的瓷砖进行一次加工，不仅可以解决实际工作中切割整块瓷砖的麻烦，而且能够为整个社会节省一大笔财富。有了思路，小伙子开始了尝试。他先从工厂里找来一些缺边少角的瓷砖，打磨出几箱形状各异的微型瓷砖，带到工地上试销，结果很快就被人抢购一空。有了这次小小的成功，他坚定了信念。接下来的日子，他以极低的价格收购了大量缺损瓷砖，又买来了切割机和打磨机，专门加工各种形状的微型瓷砖。别出心裁的考虑，加上经济适用的功能，他的加工生意日渐兴隆起来。

　　一个偶然的机会，使这个装修工人找到了通往财富的小路。当那些缺边少角的瓷砖堆积在工厂的四周时，它们显然被人遗忘了，过着暗无天日的蒙尘岁月，"废品"便是它们被人遗忘的标志。而当这种蒙尘的岁月结束时，一名普通的装修工人便能帮它们找回新的价值和意义。

　　其实，在被人遗忘的角落里，我们常常能够找回许多珍贵的东西。假如你是那名学装修的小伙子，如果你能把目光投向别人遗忘的角落，也许你就能意外地掘得人生的一桶金。假如你像那些缺边少角的蒙尘之物，被别人遗忘了，那么也不必怨天尤人。相信吧，总有一天，你也能洗去命运的尘埃，迎来一场崭新的生活。

沙漠边缘的幸福

在一片沙漠的边缘有两个村庄。有一天，沙漠中突然卷起了可怕的沙暴。一夜之间，风沙漫天，田野被覆盖，屋门被堵死，羊群被大风吹散……两个村庄的人同时陷入了深深的灾难。风停之后，沙漠北边的村子里，人们集体商议，要搬迁到远一点的地方，以避免灾难；沙漠南边的村子里，人们开始停止砍伐和放牧，积极植树种草，引水灌溉。

北边村庄的人们浩浩荡荡向北迁徙。而沙漠如同一片阴影紧紧跟在他们的身后。日子久了，村民们拥有了丰富的迁徙经验，但脚下的泥土却被沙漠不断吞噬着。若干年后，他们留给子孙的，只是一份被沙漠不断驱逐的命运。南边村庄的人们经历了千辛万苦，终于在沙漠的边上筑起了一道道厚实的防沙林。人们经过一年年的努力，挡住了沙漠的进攻，守住了家园和泥土。

同样是住在沙漠的边缘，一个村庄的人被厄运的鞭子赶向陌生的异乡，而另一个村庄的人却在风暴的边缘拥有了幸福的梦境。中间的区别，完全是当初做出不同选择的结果啊。

选择了退却，也就选择了片刻的安宁和长久的痛苦。选择了坚守，也就选择了不懈的努力与恒久的幸福。面对生活，就像面对一片沙漠，当起风的时候，你做出什么样的选择，就会有什么样的结果。

"不知道"的智慧

鲍尔吉·原野讲过一个故事：一位官员参加一次特殊的考试，答到最后一道题的时候傻眼了。那是一道三十分的大题，题目是"简述唐朝防止水土流失的措施"。考生们奋笔疾书，考场内一片笔尖划过纸张的沙沙声。这位官员搜肠刮肚，却始终想不起在哪里看到过此类资料，于是在答卷上写下了"不知道"三个字。考试结果出来之后，所有考生大吃一惊，那道三十分的大题，正确答案正是"不知道"！原来，这次考试旨在考察官员的诚实。

作为一则故事，我们无须追寻它确凿的出处。但它所讲述的道理却耐人回味。人不管做错了什么事，都能因为诚实而被原谅。

生活中，我们见惯的大多是些竭力向人证明自己的人，他们不惜用文字和唾沫，要将种种真真假假的辉煌"经历"不遗一隅地展示给对方。很多时候，由于种种失误、错觉或者言不由衷的苦楚，人们甚至还把那些惯于花面逢迎、口若悬河、装模作样的人奉为楷模，而对那些在关键时刻敢于说出"不知道"三个字的人嗤之以鼻。殊不知，当人们陶醉在华丽的辞藻和动听的语言之中时，与智慧的人生也已经擦肩而过。

《论语》中说："知之为知之，不知为不知，是知也。"一个人，不怕他懂得少，而是怕他为了虚荣，不惜放弃做人的原则，不懂装懂、道听途说。所以，虚荣就像无底的深渊，当你坠入其中的时候，谎言就是迎面扑来的黑暗。

与其让心灵在谎言中忍受黑暗，不如在诚实中度过明亮的一天。

微笑的秘密

世界上有很多事情都证明了细小的差别将会导致完全不同的结果。生物学家艾弗里和格里菲斯的故事就是如此。格里菲斯进行了大量实验，获得了大堆实验数据，但他始终没有从繁复的实验中找到突破。而艾弗里不同，他在格里菲斯的实验基础上，做了一个小小的变化——仅仅多用了一个"同位素标记法"，结果却取得了骄人的研究成果。就是这微小的一步，成就了艾弗里的梦想，也把格里菲斯拒于辉煌事业的门外。面对艾弗里的研究成果，格里菲斯究竟想到了什么呢？

一家知名企业的经理在谈市场经验时说："我们成功的经验，就是要比别人多露出几颗牙齿。"原来，这家企业在培训员工时，要求员工尽量在顾客的面前保持微笑的表情，为了锻炼员工对顾客的温情服务意识，接受培训的员工每天早上要对着镜子锻炼微笑的表情，直到自然地露出八颗牙齿为止！这个微小的细节，使得消费者的内心感觉到了前所未有的温暖，企业得到了越来越多的人青睐，从而在市场上保持了强劲的竞争力。仅仅是多了一点笑容，就把顾客和企业的命运连接在了一起。

多露出几颗牙齿，多一点亲切的微笑，就是多了一份意想不到的竞争力，结果竟是如此简单。

重视从细节出发，事业就赢得了先机；忽略微不足道的细节，一生的梦想就可能落空。真可谓"失之毫厘，谬以千里"。坚信"千里之行，始于足下"的人才能抵达远方，坚信"九层之台，起于垒土"的人才可以成就大器，而那些善于制订宏伟计划的人到头来却往往是一事无成。无数的例子证明，从细节出发的人，因为他的眼睛始终关注着脚下的土地，结果总能脚踏实地，行稳致远。一个细节，也许就能引起一场翻天覆地的变化。

生活与寓言（两则）

驴的苦闷和人的忧伤

有这样一则寓言：一头驴子很羡慕狗，因为狗每天都能和主人在一起玩耍。主人不断地用各种小食品和狗闹着玩，看着狗在主人面前跳来跳去，驴子心里真不是滋味。终于有一天，驴子鼓起勇气，来到主人的面前，它要向狗学习，为了新的人生目的进行追求。然而意外的事情发生了，驴子庞大的身体跳跃起来简直就是一件无比恐怖的事情。它的蹄子一下子就踢在了主人身上，主人大怒，用木棒将驴子狠狠抽打了一顿。

驴子的悲剧在于简单地向往着别人的生活方式，而忘记了自身的特点。其实，每个人都有属于自己的长处，当你一味要仿照别人的样子进行生活的时候，你可能已经为自己造好了一只忧伤的笼子，将自己的快乐与方向完全装了进去，这个时候，你就等着苦闷来折磨你的灵魂吧。

有一位年轻人看到别人搞行为艺术，很快引起了媒体的注意，于是也希望从这条路上寻找到突破。结果选择了种种令人瞠目结舌的尝试以博得关注，最终反而失去了周围人的尊重。这位年轻人的悲剧，就是对驴子悲剧的重演。

母鸡的友情

这是一则关于友情的寓言。两只母鸡是好朋友。一只母鸡是个勤奋而善于刨土的瞎子，每天不断在泥土中刨东西，而另一只母鸡不是瞎子，它对瞎子母鸡说："我在你的身边，将作为你的眼睛而存在，我们的友情是全世界最珍贵的东西。"这样，瞎子母鸡每天都在不断地刨土，而另一只母鸡悄悄地将瞎子母鸡的劳动成果吞到自己的肚子里。有人告诉瞎子母鸡应该离开剥夺它劳动果实的坏母鸡，但瞎子母鸡选择了留下。它始终信任着自己的朋友。终于有一天，瞎子母鸡劳累而死，这下子长期不去刨东西的母鸡因为爪子变得细嫩无比，很快就饿死了。

诚实的人可能会死于诚实，而奸诈的人也将死于奸诈。抬头三尺有神灵。在生活中，这样的友情太多了，很多人之所以是你的朋友，就是因为你对他有着某方面的利用价值。"以财交者，财尽而交绝；以色交者，华落而爱渝"，生活是检验友情的最好东西。在艰难的一生中，友情固然珍贵，但更多的时候，我们还得坚信，友情和很多东西一样，必须宁缺毋滥。

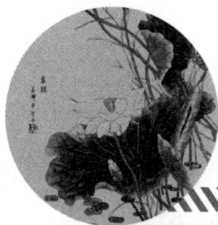

第二辑　在旷野上写作

孤独中我们离梦想最近

　　这是一个真实的故事：有个男孩，自幼父母失和，家境一贫如洗。他上到初中一年级的时候，就再也没有钱上学了。年老的父亲除了能够给他做双布鞋外，已经不能为他做更多的事情。于是，男孩想到了当兵。这是处在他那种境况中的农村孩子最容易想到的办法。只有当兵，才有可能到完全崭新的环境中去磨炼自己，说不定还能够学到一技之长，找到某种差强人意的出路。

　　男孩参军了。他的心里只装着一件事情——不能再让衰老的父亲养活自己了。因为家中还有几个弟弟和妹妹，他们有的上学了，有的还在失学。军车启动的时候，男孩看见父亲在人群中泪流满面地张望着，但父亲始终没有看到儿子在哪台车上。

　　之后，发生了很多事情。

　　军车开到青海省的一片草原上停下了。男孩换上一身绿军装，他当上了兵，心里甭提有多高兴了。几天后，班长递给他一根木棍——去放羊！原来是个放羊的兵。在辽阔苍凉的青海草原上，男孩手舞木棍，与一群云朵一样洁白的羊成了朋友。他没有特长，无法争取更好的技术专业，而且由于文化水平低，每次连队推荐放羊的人选时，男孩都是最佳人选。面对一望无际的草原，男孩沉默了。看来学技术的路是走不通了，而且要从放羊的工作中找到人生的出路也不大有可能。

必须尽快走出眼前的困境！

男孩度过了一个又一个不眠之夜，但他依旧不知道要从何入手改变自己的命运。每天，他只能对着身边的羊羔诉说自己的苦闷，羊羔"咩咩"地叫着，男孩的眼睛在泪水中沉浮。有一天，男孩翻开自己入伍时带来的一个作文本，看到了刚上初中时写下的那篇作文——"我的写作理想"。在这篇作文中，男孩写到了善良、胆小的父亲，写到了嗜赌、骄横的母亲，他发誓要把看到和听到的故事都写出来，让更多的人从中受到启示……

男孩的心中突然亮起来了！在天高地远的草原上，在白天和黑夜的漫长交替中，在孤独无边无际的笼罩下，有多少时间可以读书写作啊，有多少空间可以让自己自由地沉浸在幻想之中啊。尽管每天只能和一群羊朝夕相伴，但那种内心深处的宁静和草原的辽阔给自己带来的，却是一笔别样的财富。想到这里，男孩开心地笑了。

有了一个明确的目标，男孩不再忧伤。他相信上天在把一群羊安排到自己身边的同时，也把一颗只有草原才拥有的坚韧的心灵赐给了自己。他再也不会感到孤独，因为有梦想陪伴在身边。他想尽一切办法找书看，每天都动笔写作。他写故乡，写亲人，写军营，写草原，写天上的星星、月亮和太阳，写地上的羊群、花朵和自己……

两年后，男孩的作品开始在国内的各大刊物发表。这时，在他昔日放羊的草原上，战友们把他当作一个神话开始传说。再后来，男孩服完兵役离开了部队，但他坚持写作，最终在高手云集的文坛拥有了自己的一席之地，并且先后担任国内数家大型杂志的主编。回首这段孤独而又珍贵的成长过程，他说："有时候，在通往梦想的路上，孤独是上天送给我们的珍贵礼物。"

的确，在通往梦想的道路上，孤独是上天送给我们的意外礼物。然而，只有真正聪明的人才能读懂孤独，只有真正勇敢的人才会坚守在孤独的路上，一步步走向梦想的核心。在绝大多数的时候，人们面对孤独时更多是报以深深的叹息——为什么命运会这样？殊不知在他们叹息的时候，与一份本该属于自己的珍贵的礼物失之交臂了。所以，当孤独来临的时候，我们不妨换一种心境，在落寞的日子里边走边唱，在困境中呵护好年轻的梦想，把孤独看作人生弥足珍贵的财富。因为，我们相信，在通往梦想的路上孤独是金；在深深的孤独中，我们离梦想最近。

像蜗牛一样

小时侯，跟父亲在田野上收割麦子，我的镰刀总是舞得飞快，父亲跟在我的后面，不紧不慢地割着。我常常在遥遥领先的时候对父亲喊："爸爸，我是最快的！"父亲直起身，一边擦汗一边提醒我要慢点，小心伤着手脚。然而每次到了最后，都是父亲遥遥领先，我却远远落在后面。我大感不解，问父亲。父亲微笑着说："你太快了，所以就落后了。"父亲的话让我感到很难理解。

很多年后，当我坐在电脑前写作时，耳畔常常响起父亲的这句话。有一天，我突然明白了这句简单的教诲包含了多么深刻的寓意。我的一位朋友要求自己每天写出八百字，几年下来他的作品几乎遍及国内大小刊物。我常有每天几千字的记录，但多年来始终没有打开局面，稿子送到编辑手中，常常遭遇被"枪毙"的命运。这里面也有一个速度的问题。太快了，结果往往忽视了最重要的质量问题。因为太快，因为不注意工作的效果，所以流了许多不该流的汗水，浪费了太多的时间，最终落在了别人的后面……这是一味追逐的结果啊。

因为求快，结果落在了别人的后面。人生有多少这样的事情啊！战国时燕太子丹急于消除秦的威胁，派荆轲刺秦，结果加速了国破身亡的命运；西楚霸王项羽一心想着称王，最终兵败垓下，身首异处……这样的例子不胜枚举。

必须明白一个道理——欲速不达！拿出一份从容，拥有一份沉稳，把握好眼前的工作，珍惜取得的每一点优势，才能积累更大的力量，完成更重要的工作。所以，与其像一只匆匆而过的飞鸟不留半点痕迹，不如像一只冷静的蜗牛，一丝不苟地前进在命运的道路上。

像蜗牛一样，守着内心的沉稳与执着，带着一个从容和坚定的灵魂，再远的风景，也能一步步走近。拥有了蜗牛一样的心境，才可以感触到更加美好的人生。

冬天的后面是春天

　　整个冬天，我都在构思一部小说。小说中的故事与象头山密切相关。象头山是一个极小的地方，摊开一张中国地图，也许你用一个下午的时间都难以找到它的位置。当我第一次听到象头山三个字时，心头升起一片风光无限的遐想。而当我来到象头山后，才发现这里是片荒凉之地。幸好，象头山有军营。而有军营的地方，就有嘹亮的军歌和燃烧的激情。因此，在象头山当兵的日子，我的血再次沸腾起来。

　　刚到部队时，单位举办新闻骨干培训班，我毛遂自荐成为组织者和授课人。上第一堂课时，我给战士们讲了高尔基的故事。听完高尔基的故事，战士们热血沸腾。是啊，几乎每个人都有过瑰丽的梦想，可是像高尔基那样矢志不渝、追寻理想的人又有几个呢？

　　雨果说："有了物质，人才能生存；有了理想，人才能生活。"在我看来，理想便是一块心灵的绿洲，每个人都可以在现实生活中依靠这块绿洲获得自救。因此，我也常常一厢情愿地把自己看作理想主义者。在象头山当兵的日子，我始终和自己的理想生活在一起。二〇〇四年，我在采石场劳动的间隙写下一组诗歌，几天后我又坐在草丛里写下了另一组诗歌……在岭南，我的很多诗歌都是在这样的环境中写出来的。印象最深的是，有一组诗歌是我在草丛里捡来几个烟盒撕开后写在上面的。当时我就坐在一片草地上歇息，我的周围是星罗棋布的牛粪，牛粪像花朵一样盛开着。后来，写在烟盒上的这组诗发表在《战士报》红星作品版上。而其他在野外写出的诗歌也陆续发表在一些文艺刊物上。在我看来，一个人在经历着日常生活的考验时，如果能够通过自己信仰的艺术获得精神上的支撑和愉悦，那么这种艺术对于信仰者而言就是弥足珍贵的。我就是这样热爱着写作。我就是这样在一个又一个寂寞的日子里与文字相依为命。

我也知道，理想不能像一块面包、一枚金币那样解决具体的困难，但它却是高高在上的星辰，指引我们在夜晚的人生之海上航行。人生是一杯无味之水，也是一斛溢香之酒；是一段烦恼的记忆，也是一次美丽的旅行。追求理想的本质，便是追求一份诗意的人生。在迢遥的跋涉之路上，守住理想，生命就不会堕入平庸！当象头山就要迎来一个崭新的春天时，我也渐渐明白了一个道理：我们也许出身贫贱，也许人微言轻，也许才疏学浅，也许默默无闻，但只要拥有一份属于自己的理想，我们的生命同样会焕发出健康而迷人的光彩。

天空没有留下任何痕迹，但是鸟已经飞过了。是的，一个人拥有理想并不仅仅是为了那个美妙的结局。与结局相比，奋斗的历程更令人刻骨铭心。因此，当我在象头山看到理想与现实的差距时，虽然我也苦恼过，但这种苦恼很快就烟消云散了。我相信，冬天的后面是春天，雪的下面埋藏着根和种子！

挽着袖子写作

我喜欢挽着袖子写作，就像早年的时候，挽着袖子在田野里干活。妹妹常常跟着起哄："写个豆腐块，用得着把袖子挽这么高吗？像个搬运工人似的。"我听后脑袋里灵光一闪，一下子就想到了小时候的事情。小时候，我跟着母亲在田野上干活，母亲常常大声对我喊："挽起袖子来，像个小伙子一样！"这个时候我就会放下手中的锄头或是镰刀，把袖子一直挽到肩膀上。时光飞逝，我像家门口的小树一样一转眼就长大了。长大的我性情日渐冷漠，脾气越来越坏，但挽袖子的习惯一直没有变。我常常会不知不觉地挽起袖子。在连队里干活，在副业地里劳动，在拉练的路上，甚至是吃饭、看书……我的袖子都会高高挽起，露出小臂上浓密的汗毛。

在对自己的习惯感到惊讶之余，我开始观察周围的人。老连长曾经是名神枪手，看人时左眼皮总是微微下垂，就像是趴在枪上瞄准；王排长练过多年长跑，站在远处向人招手时身体会像虾一样轻轻弓起来，仿佛正在跑道上立姿起跑；战士小石从小喜欢收藏精美的小石头，每次部队执行任务到了石头多的地方，休息时他总是像老鹰似地盯紧周围的地面……每一个人都有自己的习惯，甚至每一个人都有很多种习惯。这些习惯夹杂在人们的举手投足、一笑一颦之中，无声无息地还原着人们的性格和经历。

回家探亲时我注意了日渐衰老的父亲。父亲坐在客厅里点烟，两只手小心翼翼地护着打火机上安静的火苗。房间里没有风，但父亲的耳畔有风。父亲在野外工作过很多年，塞外的疾风吹彻了他的青春。我相信，今生今世，何时何地，父亲的耳畔随时都会响起凛冽的风声。

的确，不同的习惯就像不同的道路，共同地通往人们的精神世界。而人的精神世界，是由人们走过的道路、看见的风景、听到的声音、遇到的人和事构成的。与流逝的时光对峙，生命就像是由记忆支撑起来的一把胡琴，一段岁月就是一支曲子，而那些溶化在人们血液中的往事，就是缓缓升起的旋律。所以我坚信：人不可能忘记过去，因为过去是对生命历程的证明；人也没有理由鄙视过去，因为那是站在命运之途上不敢回首的浅薄和懦弱；人更不可能与过去决绝，因为过去就像两行脚印，谁也无法回到出发的地方，将它们一一擦掉。

那么，就坦然地往前走吧。让过往的岁月在我们的脊背上打下烙印，让曾经的生活给我们的灵魂带来小小的馈赠。哪怕像蛛丝马迹一样不易察觉，也会成为诠释过去、现在和将来的证据。所以，我也将继续挽着袖子写作，直到青春逝去、韶华不再，直到梦想已杳、默默无言。挽起袖子，就像一块胎记，标明了自己的童年和出身；挽起袖子，就像一次宣言，证明我的梦想还没有老去，追求还在继续。

在旷野上写作

北风从田野上吹过时带起漫天的雪花。那是七年前在关中西部的一个冬天，我握着一支钢笔，坐在村外麦田中的一个帐篷里。村子里要赶在春天到来前钻好一口井，巨大的井架立在大雪纷飞的田野上，像一位孤苦的老人。

黄昏时分，打井的工人全都回村子里吃饭了，大堆的设备由每家每户轮流值勤守护。轮到我们家去值勤的那个下午，我刚从县里的高中放学回家。我丢下书包，拿起纸笔和一块冰凉的馒头，就赶到了井架下的帐篷里。

那个下午风很大，雪花漫天飞舞，像是冬天伸出的一只手，反复撕扯着吱吱作响的帐篷。帐篷中有一口火炉，里面燃烧着浓烟滚滚的大块煤石。我搬了几块红砖，搭好一个凳子，坐在火炉边就开始了写作。我至今清晰地记得，我当时在写一段诗歌札记。天气太冷，右手握住笔后就抖个不停，留在纸上的字，几乎没有中规中矩的。若干年后，我的字体变得怪异而独特，笔画短、直，其中充满了由圆形、弧形、三角形构成的笔画。很多朋友问过我为什么写这样怪的字，我说不清，我只知道那次雪野中写作后，我就习惯了这种字体，无论如何也改正不过来。

在工地边上，是一片荒凉的坟地。那里埋葬着邻村的几十个农民。其中有两个无碑的新坟，埋着那个冬天开始时服毒自尽的一对年轻夫妻，他们死前膝下已有一个几岁的儿子。据说他们死于一场失意的生意，由于担心还不清欠下的几万元的债务，他们在冬天来临时将儿子送到父母家，之后一起自杀。现在，大雪覆盖了两个坟包，只有坟头上露出的一堆黄土讲述着这段悲剧。

炉火中不时传出煤石爆裂的声音。在我挥笔写作的过程中，几粒火红的煤渣送到了我的笔下，纸上立即就留下一个个烧焦的斑。这里，一个字已经悄悄地隐了在焦糊的纸中。我继续写作。我知道在这个冬天之后，我不可避免地要面对高三的生活了，我必须通过文学上的成绩获得升学的机会，否则，等待我的就只有村外的这片田野，以及田野上沉重的命运。我写啊写，风雪更大了。

在这个风雪交加的黄昏之前，我已经写了近三年的东西，并且硬着头皮，鼓起勇气拜访过几位作家和诗人。我的作品在当时全是涂鸦，在今天也默默无闻。但这十年来的写作生活中，我始终相信自己是可以成功的，因为我的目的不在功成名就的快乐中，而在于为底层的亲人代言，为我的艺术理想奋斗。在那个风雪中的黄昏，我坚持不懈地写着。风一次次把雪花卷入帐篷，扬入我的衣领。望着茫茫的雪野，我把冻得快要失去知觉的双手放到棉衣下暖着。就是在那片白雪中，我坚信自己的事业必定成功。因为，我坚信自己的意志，坚信自己的优秀。

寒风吹过，夜色缓缓来临。换我班的人是父亲，他抱着一床被子来了，远远地我就看到了他瑟缩的身子，看到他小心翼翼走在被白雪掩盖的小路上。我和父亲没有太多的对话，他一个劲催我回家。我收起纸笔，大步向家走去。

雪花从脚下扬起，又从空中落下，风摇着我的背，我想到父亲就要在这片大雪覆盖的田野中度过一夜，泪水唰地流了下来，脚下的步伐变得更快了。母亲在家里已经烧好了热水和饭菜，她在我们陈旧的家门前站着。我擦净脸上冰凉的泪水，微笑着向母亲走过去。

戎装笔记

　　军容镜在连队的走廊里闪闪发亮，你在镜子里看到了自己穿着戎装的形象。你的形象发生了翻天覆地的变化。草绿色的作训服衬托着棱角分明的脸，曾经草木般疯长的头发变成了安静的草坪。你想起战士应该有威风凛凛的仪态，肌肉是刀砍斧削的那种，意志要用钢铁才能形容，走起路来起码要像《士兵突击》中的许三多和他的战友们才行啊。于是你对着镜子扮一个冷漠的表情，又像老虎那样张一下嘴。你想让目光变得灼灼起来，可是你遗憾地发现自己的眼神还是昔日的眼神，它们依然无法抗拒地透露着顽皮和稚气。这时战友们换好军服挤过来照镜子，他们边挤边嚷："你干吗像猫一样龇牙咧嘴啊！"你只好哼的一声走开了。

　　大家开始讨论穿上军装是比以前更帅了还是更丑了。什么样的观点都有，争执不休，于是纷纷问班长。班长先说了一个字："丑！"接着说了三个字："丑小鸭！"然后做个鬼脸离去了。排长却突然走进来，大伙儿又问排长。排长笑着说："丑小鸭都有机会变成白天鹅！"你们呵呵地笑了，但身子保持着立正的姿势。你开始在内心喃喃自语："相信自己！"

你不再关心头发是否理得太短，不再考虑脸上是否出了青春痘，你就这么朝气蓬勃、英姿飒爽地活起来。你体会到帅的本质就是精气神。你发现穿上军装后自己的精气神一天天熠熠生辉了。

听说要跑五公里，你的心顿时怦怦狂跳。入伍时同学提醒你，新兵就怕跑五公里，要是跑不动就得腰里系上胳膊粗的麻绳，老兵开着摩托车在前面拽，班长拎着木棒在后面撵着打。这会是真的吗？你跑得并不慢，而且参加过学校的运动会，可是三脚猫的功夫在军营算老几？你的心七上八下。于是，听到口令后你一马当先地冲出去，路面的石子被你踢得嗖嗖乱飞，道旁的树木风景哗啦啦往后退。你听到班长们此起彼伏的吼叫声："跟上！快跟上！"你的脑海中跳出可怕的画面，心想今儿横竖是拼了，于是啊的一声吼，脚下顿时生了风。最终，你汗流浃背地冲过终点，你知道自己跑进了全连前三名。你激动得像跳蚤一样蹦起来，目光不停地搜寻着班长，班长却没有跟上来。难道班长比自己跑得慢？几分钟后班长在队伍的最后面出现了，他满头大汗推着一个"新兵蛋子"朝终点赶来了。刚过终点，"新兵蛋子"就扑通一声坐在地上喘起粗气。班长憋着红脸蛋将他拽起来，又将他的胳膊搭在自己肩膀上一圈一圈地走着。这时你又想起入伍时同学的提醒，忍不住笑得前仰后合了。

入伍的第一个周末，你突然想起"不想当将军的士兵不是好士兵"的格言。你参军的时候一腔热血、满怀激情，但你只想到了站岗放哨、保家卫国，最多也只是幻想了一下与敌人枪战的情形。你竟然从没有想过当将军！哎，如果当初多想十分钟说不定就能想到当将军的事情呢。你有些懊悔了，可是懊悔又有什么用呢。难道你因此就成不了好士兵？想到这里你有些不安了，偷偷看一眼身后，班长并不在。身后只站着连队的狼狗虎子，虎子冲着你说了声"汪"。莫非这家伙看出了什么？反正狗又不会告密。你哼着"日落西山红霞飞"扬长而去了。

那个夜晚你梦见自己在雪地里站岗，梦见自己被风吹得摇摇晃晃，冻得瑟瑟发抖。这时母亲抱着一件大衣走过来，你顿时被融融的暖意包围了，你扑进母亲的怀抱……这时你却突然醒过来，你看到排长正弯腰给你盖滑落的被子。排长轻轻按了你一下，又去挨个检查别的床铺了。你从小就睡觉不踏实，常常一睡着就把被子踢到地板上，害得母亲总是半夜起来给你掖被角。五大三粗的排长竟然像母亲一样关心和照顾自己。你用被子蒙上头，泪水哗哗地落到枕巾上。后来你才发现，排长每夜都要起来好几次，检查战士们的被子是否盖好了。一天晚上排长查哨回来直接就睡了，并没有给你掖被角，你竟然因此失眠了一整夜！

你发觉新兵连的战友们由丑小鸭向着白天鹅转变了。在那天的四百米障碍考核中，所有新兵都像老兵一样矫健地越过了道道难关；在全团的集会上，新兵连的士气最高昂、歌声最嘹亮，拉歌时的山呼海啸完全压倒了老兵连；接受检阅那天，新兵连的战士们行如风、立如松、坐如钟，主席台上的首长们纷纷投来赞许的目光……当首长们看到生气勃勃的新兵连时，他们会不会想起自己生命中的那段美好时光呢？那天你清楚地看到，一位首长为新兵连起立鼓掌时眼角流出了泪水。

天下没有不散的筵席。你知道三个月后新兵连就要解散了，战友们将分配到不同的单位。你开始担心起来。你该如何接受这个不可避免的结局呢？你明白新兵连就是军营的花朵，岁岁年年，花开花落。那一天必将来临。那一天，新兵连的战友们会豪情万丈地吼起军歌，泪流满面地紧紧拥抱。你现在不能再想下去了。你的鼻子酸了，眼睛在泪水中沉浮。你问自己："走出新兵连就意味着走向成熟吗？"你相信自己已经是一名真正的战士。你正在一步步成为儿时梦想中的那个人。你还知道春天就要来了，你的生命就要融入绚丽多彩的季节。入伍前你在一份文学期刊上读到过一组诗，你记住了其中的一句话："军营是一座巨大的摇篮，我们都将从她的怀抱走向成熟。"你觉得这句话就是说给自己的，但你想不起这首诗的作者是谁，也不知道作者在什么时候写了这首诗。那么现在我就告诉你吧：我就是这首诗的作者，这首诗是我在离开新兵连的那个晚上写下的。

副业地里的美好时光

鱼　塘

沿着三营前的主干道往南走，行不到百余步，就看到一片潋滟的波光宛如泽国。天是蓝的，云是白的，映在如镜的水面上。群鸭在碧水上滑行，仿佛时光正随波后退。偶有游鱼响亮地跃出，你来不及惊叹，又闪电般消失了，惹起一阵惆怅的鸭鸣。这就是我们团的鱼塘。闭上眼睛，我也知道成群结队的鱼儿此刻正在水面下静静地生长呢，它们是餐桌上的年景，也是维系风景的符号。

铁打的营盘就铺在象头山脚下的平坦之地上。四面环山，山上皆是疯长的荒草和日月浸淫的巨石。据说，部队初到此地驻防时，这里终年起风、满目荒凉。部队入驻后，军营里的军歌、军号、呐喊……一日日将四野的荒凉驱散了。也有人说，男人多则阳气旺盛，而军营里小伙子扎堆，那几乎就是一片红彤彤的火焰了。于是，经年累月下来，荒郊野外辟出了鱼塘和菜地。鱼皆活跃，菜亦鲜美。因有了这鱼这菜，小伙子们一日三餐大嚼大咽，一年四季生龙活虎。

当排长时我曾带战士们清过塘泥。大家一律儿将裤管挽上膝盖，欢天喜地往临近枯竭的泥淖中赶去。有人往鱼塘的中心试探着走，直到塘泥没过膝盖，才俯下身在泥水中摸索。喜欢摸鱼的战士大多生性活泼，你瞧他那顽童的嘴脸，口张而不言，目瞪而不视，片刻工夫后双手忽如鸬鹚般拔出水面，再看时就发现他手中多了一尾不肯就范的草鱼。那鱼儿虽被拿住脊背，但尾巴甩得噼啪作响、水珠乱溅。抓鱼人双手箍紧鱼身，几乎连眼都睁不开了，却冷不防被鱼儿一尾巴抽到脸上，于是连人带鱼跌落水中。待爬起身来，已是两手空空。鱼逃之夭夭，人恨恨不已。于是摸鱼的人就在大伙儿的轰笑声中爬上鱼塘，兀自坐到塄坎上生起了闷气。

菜　地

每个连队都有一片菜地。菜地与全连百余号人的吃食密切相关。我们经常到菜地播种、施肥、灌溉、除草、捉虫。然而说句真心话：真正会侍弄庄稼的战士太少了！

到了积肥时节，战士们挑来人粪尿，焚出草木灰，仔细堆沤在一处。我曾提醒大家：草木灰不能和尿液混合使用！草木灰含碳酸钾，尿液含铵盐，两者混合使用后铵根离子和碳酸根离子会发生双水解反应，从而失去肥效……这时却有老班长跑来拉住我的手摩挲，同时以煽情的语气说道："陈排长的手比我老婆的手都要光滑，一个茧子都没有，他说的话我们能相信吗？"菜地里响起异口同声的欢呼："不能相信陈排长！"众人皆笑我亦笑。于是大家依旧将人粪尿和草木灰积在一处。几周后菜苗破土而出，紧接着又扶摇直上，长成一地葱茏的风景。战士们到菜地里割韭菜，还有人笑嘻嘻地对我说：幸亏当初没信排长的话！到了这地步，我欲辩无词，只得一笑了之。

时隔不久，开始闹虫。虫类较多，以青虫危害最大。绿油油的菜地一夜间多出一片秃茎，就像人在脱发，触目惊心。傍晚时分，我们赶到菜地，将青虫一条条捉起来，扔到地上，踩成烂泥！有人见杀虫剂不管用，索性用草木灰在地垄上撒开来。或许是这招奏效了。入侵的虫子慢慢退去，菜苗重又晃晃悠悠地生长起来。有人附和着我提建议：刚刚采集到的有机肥不能直接施入田地，应该堆沤一段时间再使用……不料这次众人却小鸡啄米般点头赞同。当菜地里再次生机勃勃时，我内心的喜悦油然而生。

轶　事

副业地是一个充满轶事的小世界。收萝卜时指导员给我讲了一个故事。

曾有一个连队，管理副业地缺乏经验，临近副业检查，菜地里还是满目凄凉。这时有老班长献计——买现成的大葱大蒜大萝卜，在检查前夜"种菜"入地，浇一道水便能顶过一半天。连长纳其言，依计行事。第二天领导来检查，对各连副业地均不满意，唯有走到该连菜地时眼前一亮。于是，该连评上了先进！不久之后，又逢检查。有了上次的经验，该连再次驾轻就熟，一夜间"种菜"完毕。不想第二日来检查的领导径直走进菜地，唰唰唰拔起一堆大萝卜，发现一缕气根都没有！原来，此领导是农民的儿子。这样的领导熟悉田野、紧接地气、能辨五谷，眼睛必然是雪亮的。我询问故事结局。指导员说："结局不祥，不过可想而知。"

论　争

有些战士不止一次问我：我们的部队为什么要种地？我们的部队不

种地就没有吃没有穿吗？我们的地是要一直种下去呢，还是种着种着就虎头蛇尾地退出历史的舞台？为什么美军不种地英军不种地，他们的士兵同样能战斗……我常常被问得哑口无言。我也曾以同样的问题问别人，别人的回答总不能使我满意。

在田间地头劳作的间隙，我常常坐在地头的塄坎上遐想。这时我发现副业地除了是一道风景，也是一片心灵的试验田。种菜的日子，我们研究种子，学习施肥；闹虫的日子，我们挖空心思呵护柔弱的菜苗，专心致志捕捉可恶的青虫；我们对待土地的态度就像对待爱情那样，小心翼翼、满怀激情、极度虔诚。沿着菜地的垄沟走着走着，我便恍若走回了童年，走进梦幻的森林，遇到那个叫幸福的东西……

几名广东籍战士曾问我："小麦和水稻长得一样吗？"我说："当然是一样的，它们都很美丽、很善良、很迷人。"他们听后先是一脸愕然，接着就默不作声。坦白地说，如今入伍的战士，大多没有体验过日常劳作的艰辛，更遑论泥土之上的稼穑耕作。许多战士入伍前在金丝笼般的校园里过着中规中矩的生活，他们终日研究的是如何穿越应试教育布下的迷魂阵，哪里还有自由的心灵思考天地万物、日月轮回呢？我想，正是这片貌似平凡的副业地，让我们再次回到童年，重新接近了泥土，认识了田野，懂得了大地与人类的关系。正因为如此，副业地也就更显其珍贵了。

那一日，又有朋友问我：我们的部队为什么要种地？我们的部队不种地就没有吃没有穿吗？我们的地是要一直种下去呢，还是种着种着就虎头蛇尾地退出历史的舞台……我认真地告诉他：我们的部队就是要种地；我们的部队不种地也会有吃有穿；但我们的地要种下去，永远要种下去……至于其中的道理嘛，我向他打了个手势，他心领神会地将耳朵凑过来。我压低声音说：你会明白的！

阅读与遗忘

　　时光倒退二十年，我还是一个顽皮的孩子。每天在野地里跑来跑去，在校园里晃来晃去，在父母的呼喊中藏来藏去。那时的我自由得如同脱缰野马，不，应该说像一缕风，来无影去无踪。谁都无法想象我静静坐在一个地方会是什么样子。我很少认真听老师讲课，但老师总能在课堂上听到我咯咯的笑声。有时老师会在讲课的过程中突然走过来，指着我和邻桌的男孩说："你们几个滚出去！"于是，我们丢下手中的课本，继续咯咯笑着扬长而去。

　　当老师们预言以我为代表的坏孩子将成为伟大祖国的害虫时，我却开始了另一种蜕变——我爱上了读书。我开始像老鼠一样躲在家里，不停地啃书，啃完一本就四处去找第二本，实在找不到时我甚至开始看那些皱巴巴的课本，我发现课本里竟然也有很多有趣的内容。我的母亲被儿子的刻苦用功吓坏了。她开始鼓励我出去玩。当我大摇大摆走出家门时，母亲显得如释重负。

　　打开一本新书，就像闯入一个新的世界。我在阅读中不断沉溺，像幼小的儿童独自闯入巨大的森林。当我沿着阅读之路不断深入书籍的森林时，某一天我突然意识到这其实是一种冒险的行为——我感觉自己或许已沦为迷途羔羊。阅读并没有给我的学习带来恒久的帮助。升入高中后，我的阅读开始和功课背道而驰。在爱好和学业之间，我不幸成为爱好的俘虏。当然，我也不再调皮，而是变得文静和痴呆。唯一令人兴奋的是，每隔一些日子我就能收到几张稿费汇款单，全是学生类报刊寄来的。在学校里这基本上是我的专利。传达室的老头常常举着汇款单，笑呵呵地出现在教室门口："领稿费了！"用不着叫名字，大家都知道这些稿费是属于我的。这种状态一直延续到高考前后。那时高考在七月份进行，全社会都将七月称为"黑色七月"。校长说高考是千军万马过独木桥。我已经看到了，独木桥前的学生几乎全是一脸可怜兮兮的傻相。很多人开始预言我们的结局。有人说我马上就要完蛋了。我相信这些话是诚实的。我猜自己很快就要被校园抛弃，然后像一堆煤渣铺在别人前进的路上，永世不得翻身。我的母亲看到儿子在学业上大势已去，开始抱怨我不该写东西不该看闲书，抱怨父亲当初没有为我争取到工厂上技校的名额……前所未有的沮丧情绪让我躁动不安。

就在这时，我重读了毛泽东的《论持久战》。重读的感受竟然全然不同。如果说以往我关注书中潜藏的智慧，那么此刻关注的却是作者写作时的人生境遇和心情。出乎许多人意料，几个月后，我拎着一只笨重的行李箱走进陕西师大的校门。炎炎烈日下，鲜红的横幅上写着五个大字：欢迎新同学！我成为中文系的学生了。

看来，在这个世界上只有我自己能证明——阅读可以在某一刻改变一个人，甚至改变这个人的命运。

生活在继续，阅读从未止息。我开始体会到，阅读和写作的关系，就像孕妇和胎儿的关系——两者密不可分。事实上，在相当漫长的时光中，我一直竭尽全力要记住书籍上的符号，我也妄图将弥漫在那些符号中的气息永远留在自己的嗅觉中，以便在写作时能轻而易举地复制或利用它们。我乐此不疲地将这项工作重复了十五年之久。在这十五年中我一次次被自己的聪明所感动，我想就凭这点我也该成为一名正儿八经的作家才对啊。然而在漫长的跋涉之后，我却发现自己在出发时就犯下了缘木求鱼的错误。我在自己的文字中看到的始终是一个蹩脚的小学徒，就像那个去邯郸学走路的古人一样可怜而滑稽。现在我不得不退回出发的地方。摆在我面前的有两条路，要么改变方向重新上路，要么积蓄力量再次出发。我想，一个处在而立之年的人已经没有左右摇摆的时间和空间了。如果在这个十字路口停下来，那么无异于踏上另一条更加陌生的道路。

人来到这个世界上，并不是要索取什么，而是为了用完自己的力气。我决定继续沿着内心的召唤前行，哪怕以针掘井，我也要用完所有的力气。我甚至有种愚蠢的想法——就算是面对沙漠，一个人也未必要裹足不前。人不管朝着哪个方向奔走，最终遇到的都是终点。在终点面前，每个人都将原形毕露。

前些日子，我看到一部介绍故宫的纪录片，片中的一些内容耐人寻味。为了恢复帝王之居烟消云散的昔日辉煌，参加修缮工程的工匠们使用了大量金箔，这些金箔经过成千上万次锻打，厚度只有头发丝的几十分甚至几百分之一。金箔的熠熠生辉源于锻打之下的延展。对写作者而言，同样需要接受类似的锻打，同样需要在锻打下让生命充分延展。而生命，只有在延展的过程中才能真正精彩起来。现在我已经坚信，对一名作家而言，只有当情感和生命延展开来，他才能在平面的纸张上写下熠熠生辉的东西。

时至今日，我对读书的热爱还在藕断丝连地延续着。记忆中，那个在雪地里徒步去小镇投稿的小学生，那个坐在旷野上写作的中学生，那个在列车上席地而坐整夜看书的大男孩，那个拖着几箱子图书辗转广西、湖南、广东的年轻军官，那个散尽藏书、孑然一身离开象头山的老排长……阅读和写作，见证了我青春的所有秘密。沿着图书的阶梯，我带着自己的桀骜不驯抵达了人生的新天地。我的脾气越来越坏，越来越鄙视名利场上花面逢迎的伪善。我发现只有走进阅读的世界才能看到更多的宽容和美好。看来，我只能继续阅读和写作，这是我唯一能健康活下去的办法。

当然，我也永远不会成为追赶潮流的阅读者，就像永远不会成为见风使舵的豪杰。

有一天，我在一页废纸上写下一句话：当我们不再紧紧抱着那些伟大作品时，我们才能像随风潜入夜的细雨一样抵达它们的内心。写完这句话我就投入到无休止的工作之中，很多天后我突然看到写着这句话的那页废纸，我拿起来反复端详，竟被这句话给感动了——这正是今天的我迫切需要的一句话啊。我的阅读已经不能简单地重复昨天和前天了。我需要在今天做出选择和判断，然后干一些实实在在的事情。

遗忘，或者在遗忘的过程中蜕变。这就是我的选择。

我想起几年前自己在一篇小说里写下的一段话："有个名叫约瑟夫·康拉德的小说家在他的作品中描述过台风，他的描述被人们奉为经典。那么我该怎样继续描述杜鹃号台风呢？熟悉我的朋友都知道，超越经典是我一如既往的风格。当我开始写下一篇文章的标题时，世界就像地球仪一样在我的手中开始了转动。当我写完第一个自然段时，我会把一切隐藏在心灵深处的伟大作品撕成碎片。当我确信自己能成为这篇文章的作者时，那些二十年如一日帮助和教导我的大师们就要倒霉了——我会像卑鄙小人那样把他们统统扔进十八层地狱，并且发出警告：当我写作时他们中的任何人都不准获释！这样看来，我只能超越约瑟夫·康拉德了。不超越他这篇小说就没法写下去。因为我要写的故事发生在红海湾，这是杜鹃号台风的必经之地。那么，我只能对约瑟夫·康拉德说声对不起了……"我想起写下这段话时自己的感受——我感觉自己不仅是在写一篇小说，而是在说出某种潜藏在内心深处的真相。也许，一直以来我就是这么矛盾地生活在阅读的世界中，我仰望那些大师的背影，接受他们伟大思想的照耀，但又身不由己地一次次妄图颠覆他们给自己带来的影响。现在我终于恍然大悟，阅读对自己而言更像是摄食。如果说吃掉一个苹果是为了身体，那么吃掉一本巨著就是为了灵魂。人类吃掉任何东西，都不是为了让这些东西在自己身体里永久停留，而是为了获得力量。对阅读而言，当我们吸吮那些伟大作品散发出的光芒和芬芳时，我们其实也在同时将它们遗忘。而遗忘，才是阅读者对自己仰视的精神之父最大的告慰。

关于青春，关于诗歌

有人曾经提出"文学死了"之类的观点。包括诗歌在内的文学文本日益被社会漠视。作为一名普通读者和业余作者，我却觉得事情没那么严重。或许，这个时代反而更适合写诗和读诗，因为人们的生活和思维常常在跳跃中行进。

在中国当代文学中，很多优秀小说作家的精力都用来描写已经消失并且看起来貌似安全的年代，很多散文作家的精力都用来描写影响他们心情的大小事件，还有一些人在努力营造幸福的乌托邦……纷纭的乱象之中，最受世人诟病的诗歌却保持着对现实世界的介入姿态。为什么诗歌会遭遇如此多的嘘声和嘲讽？或许，这是因为诗人的无知和无畏；或许，这是因为诗人的"社会属性"。后一种情况下，受嘲笑的其实并不是诗歌，而是某个特定的群体。诗歌只是折射这些群体"新闻价值"的一面镜子。

任何形式的文学创作，在任何时候都会存在不尽人意的地方，真正重要的是人们能否透过作品看到一个活生生的人，一个知冷知热、独立思考、自由言说的人。当众多创作行为对现实世界保持有意或无意的回避时，诗歌或许真的面临着发展的机遇。现在，这个机遇就像蜷曲在黑暗中的胚芽，需要有人松动土壤，洒下阳光和细雨。

军旅诗歌在文学领域占据着重要席位。曹雪芹至今保持着神秘，但高适、陆游却让我们觉得像熟人一样知根知底。我想，这正是军旅诗歌的独特之处——我们能通过文本认识诗人，进而仰视他们，渴望成为他们，就算无法成为他们，也依然仰视和渴望。

诗歌的发展离不开青春体验的回归。在我看来，青春不仅是一种生理状态，也是一种精神状态。或者说，青春是支撑一名诗人活下去、写下去的信仰。从这个意义来说，青春不同于青春期写作。一些诗人在青春期写作之后，很快文思枯竭、江郎才尽。但绝大多数诗人并没有因为写诗而躁动不安。很多著名诗人的创作都已证明，诗歌创作可以摆脱激情困扰，获取灵魂安妥。能以诗意的方式延续自己的青春，这样的行为无疑令人尊重。

世界无法统一在一种哲学之下。人们从不指责一只鸵鸟把头埋进翅膀，对那些逃避现实的写作或许可持同样态度。但相比之下，回避现实远不如拥抱现实更有趣。我渴望，能有一种崭新的军旅诗歌闯入文学阵地——让读者感觉到当代中国军人骨子里奔腾着热血，心灵内有理想，眼神中有智慧；让读者感觉到军旅诗人距离大众生活并不遥远，甚至距离自己很近，就像是昨天的自己，或是早晨出门时的自己；让读者感觉到军旅诗人和自己既惊人地相似，又那么地不同……唯有如此，军旅诗歌才能走出凌空高蹈、假声歌唱、正襟危坐、声色俱厉的窠臼，实现一次美好的着陆。

如果军旅诗歌能成为展示当代中国军人生活状态、精神风采和人格魅力的一扇窗口，能让读者通过诗歌重新审视中国军人身处其间的这段历史，那么这将成为值得纪念的事件。

真正的歌，即使从沙哑的喉咙里唱出来，依然能撼人心魄。或许，军旅诗歌也应该像开展思想政治工作那样提出口号：把重心降低——回归生活、回归真诚、回归诗歌。对创作者而言，我觉得最现实的问题就是找回一种常识——首先是人，其次才是诗人；首先是军人，其次才是军旅诗人。

一个适合自己的空间

有人说，年轻时最重要的事情，就是给自己的人生定好位——弄明白这辈子究竟要干什么。刚到部队的两年，我一直都在寻找适合自己的空间。我渴望一辈子就干一件事，只要能够干得有板有眼、妙趣横生，我就知足了。然而没过多久，我沮丧地发现：工作和事业也有貌合神离的时候。甚至可以说，人生的每一个阶段都有不同的工作。任何人都不可能永远停留在同一种工作状态中。人生，就像一条流水，我们只是站在水边的人。

然而，我们站在水边，却绝不是为了顾影自怜。

每一个人，都渴望找到一个适合自己的空间，在这个空间里工作和生活，快乐和幸福。每一个人，都希望在年轻时早早地找到这个空间，从此心无旁骛地做成一件像样的事情。这样，就能拥有无悔的青春。在过去的几年中，我始终相信，对生存和发展空间的理性思考，是一个人心智成熟的标志。当我们告别懵懂的少年时代，当人生因为梦想的出现而充满激情，当生命体验到破茧而出的痉挛和阵痛，当挑战命运、征服现实的欲望像烈火一样炙烤着灵魂……人，作为一根有思想的芦苇，必将开始思考空间问题。因为只有适合自己的空间，才能更好地安放梦想或者野心。

这一切，似乎暗合了大自然的规律。就像天地间的一草一木、飞禽走兽……它们的生命无不是指向阳光充足、行动自由的空间。一位在西藏从事摄影创作的朋友告诉我：在雪域高原上，鹰一生都在辽阔中飞翔，即使生命将尽，它们还会朝着太阳飞去，与无边无际的光明融为一体……在我看来，鹰留给我们的，正是一种启示：生命从何处来，又到何处去？答案肯定与空间有关。

一个偶然的机会，改变了我对空间问题的认识。

一次，我在解放军报社现场聆听了原《人民日报》总编辑、新闻界泰斗范敬宜先生的一场报告。范敬宜先生讲到一桩往事：一位耄耋之年的京剧艺术大师，在弟子们抱怨戏曲艺术在市场经济下发展空间小、难以有大作为时，老人把弟子们带到一张八仙桌前，然后俯身钻到桌下，行云流水般打起一套猴拳。几尺见方的桌下，老人闪展腾挪、拳脚生风，身形所到之处，竟连一只衣袖也没有触到桌子。弟子们被眼前的这一幕震惊了，目瞪口呆之余，顿悟师傅的教诲。范敬宜先生语重心长地说：最重要的事情，不是寻找空间，而是读懂空间！

是啊，纵观人的一生，谁又能独立于空间之外呢？生命，从孕育、诞生、成长，直至死亡，所有过程都离不开"容器"般的词语——子宫、襁褓、摇篮、屋舍、课堂、办公室，以及坟墓、太空、宇宙……人的一生都在试图打破空间对生命的束缚——住进越来越大的房子，跨入越来越广的天地，拥有越来越洒脱的人生。然而，我们不得不承认，人从一个地方到另一个地方，从一个位置到另一个位置，最终只不过在不同的空间中逡巡罢了。

事实上，人的发展并非完全取决于空间因素。就像一池水，蛟龙用它腾云驾雾，乌龟却在里面洗澡。可见，池子的大小和水的深浅并非关键。我渐渐明白了，人最需要的并不是某个固定的空间，而是对空间的理解。这同样是一条艰难的心路历程，就像一条蚕由虫到蛹、羽化成蛾，其中自有一番痛苦和甜蜜。也许，只要看清生命的卑微，明白空间的意义，我们就能与智慧的人生相遇。然而遗憾的是，我们常常身不由己地陷入对空间问题的思考，并且思考得专心致志、殚精竭虑、废寝忘食，以至于忘记了年轻时的梦想和生活的意义。当青春逝去、韶华不在，人生只能徒留一片"空悲切"的感慨。最终，我们可能还会想起那句蒙尘的古训——心安即是家。

灵魂一旦获得自由，生命就会充满阳光。我相信，只要读懂空间，每一片土地，都可以成为梦开始的地方。

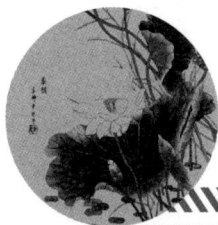

第三辑　逆光下的地坛

哥们儿

　　十月底，在银川飞北京的飞机上，我翻开《北京晚报·五色土》副刊，第一眼就看到哥们儿的文章《一匹记忆中的马》，写的是一匹马和全家人的故事。马被卖过数次，但最终都执着地回来了。最后，马老了，死了，有人上门求购马尸，哥们儿的父亲拒绝了。全家人将马埋在了自家田地里。很简单的故事，但人与马那种淳朴的感情却足以打动人心。多年前，我在湖南衡阳写过一首诗——《骏马消失的夜晚》，内容也与马有关，当时我曾将这首诗寄给哥们儿。多年后，看到哥们儿记忆中也有一匹马，颇有知音重逢的亲切感。

　　刚上大学时，我有幸到陕西文艺广播电台的文学节目做嘉宾，在朗诵完自己的诗歌后，听众开始打电话进来，导播接通的第一个电话就是哥们儿的。哥们儿在电话里大着嗓门赞美我的诗，让我激动得手心直冒汗。我忘记了在节目中对哥们儿说谢谢，只说了句欢迎日后多交流什么的。但我记住了哥们儿的西北口音，记住了他的名字。这名字，其实我早就熟悉了，就像哥们儿熟悉我的名字一样。尽管，我们从未见过面。

或许是缘分，我和哥们儿经常"同台演出"——在好几家校园期刊上，我们的文字总是不约而同发表在同一版面。甚至在《星星》这样高水平的纯文学刊物上，我们也有过同期发稿的经历。

一天晚上，我从图书馆回到宿舍，看到桌上放着一张纸条，上面写着一个女孩子的名字和电话号码。舍友马金平说，这是二楼中文系的师兄转来的，让我务必回电话。联系上之后才知道，女孩子名叫马国玉，是哥们儿的姐姐。马国玉也在师大读书，而且就在中文系，比我们高一级或两级，我记不太清了。马国玉说，弟弟让她一定要见见我。其实，在马国玉联系我之前，我和哥们儿已经有书信往来了。马国玉给我讲了很多弟弟痴迷写作的事。马国玉说："我们老家在青海省乐都县一个小村子，家里经济条件不怎么好，弟弟从上中学就喜欢写作，在地里干活也带着笔和纸，休息时就坐在锄头把儿上写作。"那时候，哥们儿主要是写诗。我印象最深的是马国玉对弟弟的评价很高，她很疼爱弟弟，她说弟弟非常喜欢读我的诗。这让我既感到汗颜，又感到温暖。

之后，我和哥们儿的书信交流更频繁了，有时我们也打电话，说东道西，谈文学，谈学习。其实，当时我们都在西安读书，我在陕西师大，哥们儿在公路交大。然而在漫长的大学时代我们竟从未面对面交流过，这真有些不可思议。之后两年，哥们儿毕业去了江苏海安，我们依然保持着书信联系。哥们儿成了领工资的人，而我还是个没毕业的学生。他曾在信中夹了一百元钱寄给我，说写文章要抽烟，算他请客了。其实，我是不抽烟的。但哥们儿的真诚让我很感动。

哥们儿的写作才华开始在江苏海安崭露头角。一天晚上，我接到江苏一家广播电台打来的电话，让我谈谈对哥们儿的哲理美文创作有何看法。我只知道哥们儿的诗写得有根有叶、有血有肉，但对他的哲理美文没怎么注意过。虎头蛇尾说了几句，然后问主持人是不是连线播出。这时我听到了哥们儿的声音，得知是录素材。这件事随后被哥们儿写到文章里发表了。

大学毕业后，我也离开了西安。在广西桂林临桂县，我曾躺在荒草丛中读过哥们儿寄来的信和诗；在湖南衡阳车江镇，我曾坐在湘江边上读过哥们儿寄来的信和美文；在广东象头山，我继续读着哥们儿寄来的信和美文……总之，在我生命中最困难最寂寞的日子，哥们儿的信总是像美好的鸽子翩翩飞来。这种漂泊在邮车上的友情，让我的心头始终有一股暖流。当我离开象头山后，我们的书信往来开始减少了。哥们儿结婚了。他的生活内容更加丰富了。

二〇〇五年的一天，哥们儿打来电话，说咱兄弟俩要见面了。哥们儿参加全国公路交通系统会议，要出差来北京。我们约好了时间和地点。哥们儿说，就在天安门前见吧，让毛主席见证咱哥儿俩的友谊。第二天，我拎着相机到了天安门广场，一眼就看到站在金水桥前东张西望的哥们儿。见面后俩人都很高兴，哥们儿还带了几名朋友。大伙儿手忙脚乱地合了几张影，然后四处走了走。快中午时，我请大家去吃饭。饭桌上，大伙儿才知道我和哥们儿之前从未见过面，一个个流露出匪夷所思的神情。我笑着说，我们以精神交往为主，简称"神交"。哥们儿说，我们已经在梦中见过无数次了。大伙儿都笑了。

士别三日，便当刮目相看。第二年，哥们儿又来北京了。他已经是《读者》杂志的签约作家，一本哲理美文作品集即将出版，特地赶来和出版社签合同。我们约好在中国木偶剧院附近的石油宾馆前见面。我赶过去后，站在马路边张望了半天也没有发现哥们儿的踪影。冬日的街头人流并不多，路对面的马路牙子上仅仅站着一位孕妇。这时手机响了，我一看是哥们儿的。哥们儿喊，你到了没？我说到了，你在哪呢？哥们儿喊，看见了看见了，我看见你了，我就在路对面的马路牙子上站着呢。我仔细一瞧，原来那位孕妇就是哥们儿。一年不见，我的兄弟竟然"横向发展"了。心头又惊又喜。俩人找了家羊蝎子店，边吃边聊，才知道哥们儿的作品已被 CCTV-10《子午书简》栏目播出过，而且很多美文被国内中学选为阅读题。因为有写作特长，哥们儿被上级单位借调到南通市。哥们儿的消息让我替他高兴。我说，我已经不怎么写作了，大部分时间在写八股文。分别时，哥们儿在路边花几元钱买了个锯末娃娃，脑袋上能长草的那种，说要拿回去哄老婆开心。我们哈哈大笑。

之后哥们儿来过北京，但我们没有见面。因为工作原因四处奔波，我再没有顾得上和哥们儿联系。但我会偶尔看看他的博客，知道他生命中最重要的作品已经诞生了——那就是他的女儿马小福。哥们儿的书接连不断地出版着，他的哲理美文渐渐摆脱了市场上大路货的窠臼，开始有更多的思考和体验。我相信，哥们儿已经真正触摸到了文学的呼吸和心跳。

我希望哥们儿还能偶尔写一首诗。希望他找到真正属于自己的文学故乡，然后播下理想的种子，伸展生命的根须，最终让我们看到一片森林。

哥们儿姓马，名国福。他曾这样介绍自己：人是俗的，泥腿子后代，泥土地长大，靠写公文材料养小命，凭业余写稿混点小钱。现在偶尔系领带穿西装，但看上去不正经；时常酒肉穿肠过，但饱嗝里还有土豆气息……

我相信，自己将看到一位崭新的哥们儿。

我说姜长源

俗话说：姜是老的辣。我却要说姜到老时如醇酒。我说的老姜，是姜长源，一位画家。我没有画画的理想，但我把姜长源叫老师。初见姜长源，你绝不会相信这是一位一九三八年生的人。姜长源精神矍铄，衣着朴素而整洁，举手投足透着诗书之气。他每天坚持学习和创作，精力旺盛得像个小伙子，我和他打乒乓球，全力以赴未必能取胜。我曾在报纸上看到过一篇文章，说姜长源是集书法家、绘画家诸多头衔于一身的当代艺术名人。我只见过他的画作，又好奇心强烈，忍不住要求证。姜长源便严肃地说："我只是一个画家！"

姜长源对绘画的热爱始于童年。五岁时他被母亲的刺绣和剪纸所吸引，学着描摹美丽的花纹，描摹得颇有味道。旁人看了就说这娃娃日后怕要当漆匠！那时漆匠有在家具上描绘图案的技艺。时光飞逝，种子成芽，芽又成树。终有一日，姜长源涉过村口的大河走向县城的新华书店，他要去看不掏钱的书了！幼小的姜长源从心灵深处热爱着绘画，又无师自通地学习着绘画，他觉得画什么像什么真是一件快乐的事情。当然，那时的姜长源尚未意识到还有一门艺术叫摄影。

几年后，姜长源的绘画天赋开始显露。县文化馆下乡送戏，要演刘胡兰舍生取义，演出前一天却发现幕布丢了。站在一边看热闹的姜长源说："我会画。"文化馆的同志一看是个还没桌子高的小男孩，挥挥手说一边玩去。姜长源不服气，捡根树枝就在地上呼哧呼哧画起来，三下五除二一排烧焦的房子出现了。文化馆的同志顿时目瞪口呆。幕布终未画成，但姜长源的天赋却被人们知道了。这个世界上不乏少年成名的故事，但这些故事都与穷苦人家的孩子毫不相干。少年成名需要天赋，需要阳光和雨露，需要前有人拉后有人推。姜长源虽有天赋，也只能像一朵野花在村庄里慢慢成长了。

所以直至参军之后，姜长源才开始了真正意义上的绘画学习。一群艺术家到连队写生，这帮人手握炭笔唰唰唰一阵涂抹，一群战士就跃然纸上、活灵活现。姜长源一看人家这手段，当即上前拜师了。后来他才知道，这只不过是速写。姜长源惭愧了，他意识到自己在专业知识上的浅薄，于是拼命学习文化功课。然而在部队里，姜长源从事的是宣传工作，放电影、办黑板报、画海报……日复一日被琐事纠缠，年复一年为生计奔波。多年后，姜长源终于通过努力到中央美术学院进修。他先学油画，学成后觉得油画并不适合自己，于是又转习国画。

一个人热爱某件事不算稀奇，但如果这种热爱恒久地持续下去，那么奇迹或许就要发生了。姜长源将全部身心投入到绘画上。谈恋爱时他对女朋友说："如果我们在一起，你可不能干涉我画画啊！"女朋友欣然允诺，婚后却发现姜长源对绘画的热情简直要用惊人二字来形容，于是抱怨自己反受了冷落。这时姜长源一边在宣纸上涂抹着一边对妻子说："我们可是有言在先啊！"呵呵，爱情这东西，和什么样的人结婚就有什么样的命运。跟艺术家做夫妻，可以享受艺术的情趣，但也要受艺术的拖累啊。一转眼姜长源就和妻子走过了四十余年的婚姻之路，他们的爱情历久弥坚，但绘画却见证了一万五千个日日夜夜。如今姜长源依然坚持创作，妻子默默地支持着老伴。姜长源说："我的终生事业就是绘画，绘画是我生命的一部分。"

促膝而谈几分钟，你就会发现姜长源的思想真是年轻，他并没有完全将自己的创作囿于释、道、儒的套路中。姜长源坦言，在表现当代生活题材时，国画确实没有油画那么直接。我曾听说，近年来一些国画艺术家推陈出新，比如在绘画工具上动脑筋，使得海绵、塑料纸、化学泡沫、食盐等等东西都成了创作的秘密武器。我就担心今后会不会有人在暗房和印刷厂里创作国画呢？艺术家惦记着创新无可厚非，想在色彩领域对国画进行改良也自有道理，坚持走传统的创作路子并不是不可。而姜长源却坚定地认为，这一切对艺术家而言并不重要，重要的是必须明确艺术创作的重心。重心何在？姜长源认为这个重心在当代！细读姜长源的作品，你会发现他一方面继承了国画的水墨风范，另一方面也有大胆的涉彩之笔。而且他的作品都藏着一双眼，你能感觉到画面上浓缩了观察和思考。于是姜长源的作品便有了融贯中西的气质，风格清逸俊朗、形简线畅、色丽神清、个性鲜明。上帝只给你一根针，你却偏要去掘井，那么你就做圣徒吧。姜长源有着豪华的艺术理想和勃勃的创作野心，但命运给他的却只有一管秃笔。数十年的刻苦修行，数十年的孜孜以求，数十年的灵魂拷问，姜长源的思想和作品进入炉火纯青的境地。这些年来，姜长源两次在中国美术馆举办个人画展，作品屡次入选全国美展，摘得的艺术大奖能用箩筐来盛，美国、德国、日本、韩国等国家均有其作品收藏……正因为如此，我才固执地认为姜到老时如醇酒。

自从媒体报道了姜长源其人其画，就不断有人来求画。姜长源是一位心地极善良的艺术家。这些年他为读者们赠出的画难以计数。我故意问他："如果人家求了你的画，一出门就去换现金，你会不会痛心？"姜长源咧嘴一笑，说既然给了人家，后面的事情就顺其自然吧。说句老实话，这些年书画市场竞争日益激烈，但相应的规范和制度并不健全，假画常常占据市场极大的份额。李鬼牛气冲天，李逵却要靠边站。依靠创作假画发家致富和飞黄腾达的人比比皆是。一心想着名想着利的艺术家虽说令人不齿，可他们却乘宝马奔驰、居豪华别墅、厮混于政客名流之间，你不服气又能奈何？我说："您干脆也仿几幅价值连城的古画，告别这个阴暗的小画室得了。"姜长源的画室在一座空旷的礼堂内，他白天在这里画画，晚上回家。而我就住在礼堂的二楼，夜夜在猫头鹰的打嗝声中写作。因为这层关系，我们虽有四十年的年龄差距，但照样成了忘年之交。姜长源的画室其实是个楼梯间，低矮而潮湿，只能并排坐两个人。他知道我在开玩笑，却严肃地说："艺术的价值是金钱无法衡量的！"哎，都说钱能通神，可是当钱遇到理想主义者呢？比如遇到姜长源这样的艺术家，那金钱只能折戟沉沙了。

艺术家都明白"功夫在诗外"的道理，因此需要融入生活、了解生活。由此可见艺术细胞也是能从小培养的。可是一个人的理想和追求该如何培养呢？一个人持之以恒地热爱一项事业，几十年甚至一辈子毫不懈怠地去探索和思考，能通过外界的培养修成正果吗？猫不能拉车，狗不能下蛋。人的一生适合做什么就该做什么。人生在世，弹指间诸事成空，最珍贵的莫过于在生命的历程中爱自己所爱、梦自己所梦、追求着自己的追求。只要能安妥灵魂，就算登不上顶峰又有何妨？祝姜长源老师健康快乐，享受绘画情趣，厮守幸福时光。

猛士徐新国

初识徐新国时，他在我心目中的印象有点"猛"——远看是壮汉，近看是武夫。我曾多次去过他的办公室，他的办公桌前永远支棱着一对巨型哑铃。偶见他从远处走来，虎背熊腰、虎虎生风，咋看都是符合"彪形"的大汉。忽一日，他赠我一本诗词著作《磨盾集》。我大为吃惊、连夜拜读，一个通宵就从第一页看到最后一页。读罢其作，再观其人，不得不叹服：此君真乃"猛士"也！

这年头，"诗人"的头衔早已不是什么桂冠。在公开场合称别人为诗人，往往会招致横眉冷对，甚至是破口大骂。然而作为文学殿堂的一颗明珠，作为传统文化的一缕血脉，诗词创作从来都没有停止和消亡，依然有很多人在"前不着村、后不着店"的探索之路上执着前行。一些人试图寻找古典文学与当下生活的契合点，从而以诗词形式记录大千世界、众生万象，为后人留下一段时光的碎片和别致的历史。形形色色的探索者之中，徐新国的诗词创作特色鲜明、独树一帜。客观地讲，他的创作已经超越业余写作范畴。即便在专业文学圈内，他的作品也有自己的地位和价值。

《中华辞赋》杂志曾在"奇赋新碑"栏目头题刊登徐新国的《北苑一号院赋》。一位基层作者能在知名期刊领衔周汝昌、李东东等一干名流，绝不是碰运气的结果。古人写赋多与名胜有万千瓜葛，或登临有如泰山之所，或拜谒有如赤壁之地。徐新国竟为区区一院写赋，真可谓惊人之举。且看他如何起笔："八百里洞庭湖水，有天下名楼，不及此苑一室之馨……"意象开阔、评论大胆、似有神助，但该不会是坐井观天吧？再往下看："十万顷广袤草原，有千骑万乘，不敌此院远程炮火一啸之力……斯是弹丸之地，虎掷龙骧，有金戈铁马气吞云天之势也。"原来，徐新国笔下的北苑一号院就是朝夕相处的军营。铁打的营盘自然有特殊的地位和分量。难怪徐新国如此动情——"年年老兵去留，岁岁干部转退，皆以走者为憾恨。"如果将徐新国的这篇赋视为酒后之"咏"，或许更能理解他的肺腑之言："何处关山月好？神州唯我军营。"徐新国在忌讳直抒胸臆的年代发出"求友之嘤鸣"，我们不需怀疑他的真性情了吧？因此，不管徐新国是否同意，也不管周围同志作何感想，我都要竖起大拇指，固执地说一声——徐新国是一位真诗人！

除了已面世的《磨盾集》，徐新国尚有一册《雕戈集》已到了呼之欲出、即将付梓的阶段。这位一九六六年出生的湖北郧县汉子，始终保持着老兵姿态，始终续写着老兵传奇。每隔一阵子，他都会让大家吃惊一次。瞧，当人们热议他的诗词创作之时，他的书法创作又引来更大关注。不久前，《中国艺术报》以专版形式介绍了徐新国的书法创作。笔墨难写是精神，值得庆幸的是徐新国写出了自己的精神！用评论家陈先义的话来说："徐新国的思想追求和道德追求，远在艺术技巧的探寻之上，他把书法艺术的美与人格的美，完整地融汇于笔墨之中……"

而另一家书画报更是以整个头版的篇幅刊登了徐新国的"百龙书法作品选"。徐新国的书法一如既往令人惊艳，而更令人惊艳的则是他为这组作品写的《浅谈对龙的认识和创作百龙感言》一文。徐新国在文中坦言潜心书龙之事久矣，他对古典文学作品中龙的形象十分痴迷，"龙，能大能小、能升能隐；大则吞云吐雾，小则隐介藏形；升则飞腾于宇宙之间，隐则潜伏于波涛之内。龙乘时变化，犹人得志而纵横四海……"受此启发，徐新国为百龙书法创作找到了方向和灵魂——书龙就是要弘扬一种精神，就是要敲响传统文化的黄钟大吕，就是要传播中华民族的文化理想！

平心而论，当今时代的旧体诗、毛笔字等国粹在很多人眼中其实已沦为附庸风雅之物，或者被当作茶余饭后的谈笑之资，那些有着浓郁传统文化情结的读书人动辄被冠以"迂"字头衔。一位读书人甘为活着的意义上下求索、受尽煎熬，愿为人生的理想苦苦挣扎、百折不挠，这样的人可能非但没有受到尊重，反而要被周遭世界讥为异类。然而，徐新国似乎无视这一切，兀自沉浸在艺术世界。纵观其榜书作品，从主旨到寓意皆能感染人、鼓舞人、启示人。一言以蔽之，徐新国的作品洋溢着军人与生俱来的铁骨之气、热血之性、阳刚之美，在犹如烈焰升腾般的作品符号之后，又自觉不自觉地流淌出人性的宽厚与柔情。而恰是这一抹温柔，成为人生和艺术不可或缺的点睛之笔。

诗贵以小见大，举重若轻；书贵拙中藏美，刚柔相济；画贵淡中有笔，魂魄常存……徐新国对艺术有着极强的领悟力。观古往今来，看前后左右，艺术之路上摩肩接踵者多如牛毛，可是又有几人能窥见顶峰之风光？体验闻道之幸福？当今文明世界，闻道者多多益善，闻道者理应得到认可和尊重，从而在更宽阔的舞台上施展才能、实现抱负。由此可知，智慧越多责任越大，徐新国注定要挑更重的担子，走更漫长的道路。

自古圣贤皆寂寞，大凡智慧之士对生命的孤单和寂寞都有过刻骨铭心的体验。陈子昂在《登幽州台歌》中写道："前不见古人，后不见来者。念天地之悠悠，独怆然而涕下。"可见，寂寞始终伴随着智慧的灵魂。古人如此，今人亦不能免。若是退到远处审视这样的寂寞，我们或许要为这寂寞而流泪、而自豪、而幸福。与徐新国深入交流后，我感觉他让人们看到了更多的可能性。毫不夸张地说，徐新国犹如神奇的魔术师，寂寞洪流遇到他猛转了一个弯、急掉了一个头，从而诞生了冥冥之中的伟力，汪洋恣肆地奔涌于辞赋句读之间，酣畅淋漓地挥洒于如椽巨笔之下。看轻寂寞的同时，徐新国看重了情义。用他自己的话来说，他总是能交到知心朋友。偶有闲暇之日，呼朋引伴、呼啸而聚，端搪瓷杯、开二锅头，一饮而尽、一醉方休。古人醉里挑灯看剑，徐新国醉里提笔上阵，灵魂在出窍与未出之间，眼神在清醒与朦胧之间，一张宣纸飞滚于案头，墨迹在电光石火的缝隙里飞流直下，宣泄、流淌，或者无法、无天……最终，神龙跃然纸上，猛虎盘踞纸上，呐喊响彻纸上。有了这样的手段和境界，徐新国不仅是一位老兵了，他开始成为一个"关键词"，要在灿若星河的文明画卷上留下点什么。再过很多年，人们或许不记得徐新国曾经官至"几品"、有过何等风光，但会记住诗人徐新国，记住书法家徐新国。我想，徐新国将因此获得人世间最宝贵的财富。

从六岁习书算起，徐新国已厮守寒窗、笔耕不辍四十余载！他只顾耕耘、不问收获。这样有如夸父逐日般奔走，血与汗洒出了一条斑驳之路。蓦然回首之时，我相信徐新国会粲然一笑——这些年来，他的诗词、书法作品雨后春笋般出现在《人民日报》《解放军报》《光明日报》《中华诗词》《诗刊》等报纸期刊，由权威机构编纂的二十余部大型文丛和辞书收录了他的生平事迹和艺术精品。

仔细想想，人活一世能干成几件像样子的事呢？徐新国并非以艺术为职业，他在工作之余能完成如此规模和水平的创作，是十分了不起的。当然，取得如此成绩的徐新国始终保持着清醒。众所周知，艺术之道最忌唯我独尊，一旦滋生"老子天下第一"的念头，距离身败名裂的日子就不远了。徐新国生于乡野、长在农村，自幼刻苦勤奋、不耻下问，笃信"三人行必有我师"，深谙"尊人就是尊己"的道理。因此，徐新国始终保持着谦虚和谨慎，数十年来师从沈鹏、李炳焱、彭有斌等名师，孜孜不倦、持之以恒领悟为人和为文的道理。平日里，徐新国把自己看得很"小"。身为老兵，他数十年未曾改变自己的直爽和率真。与同行交流，他从不持领导之势，更不作名士之态。此外，艺术之道更忌趋炎附势、见风使舵，"猴精"之徒耐不住清贫，更别提彻骨之寂寞、案牍之劳形。铁的事实告诉我们，一位才华横溢之人，即便耗尽青春年华，写下万里长卷，著有充栋之言，可能还不如小辣妹唱红一首小情歌更能获取实际的好处。将青春和智慧付诸寂寞之事究竟图什么？究竟值还是不值？徐新国用数十载坚守给出响亮的回答：军人看重的是"能文能武"，是"厚德载物"，是"上善若水"……中华民族传统文化的种子在徐新国的灵魂里生了根、发了芽。今天，我们可以确信，这些种子已长成苗壮之木、栋梁之才。

客观地讲，徐新国算不上"公众人物"，也不能用"著作等身、名满天下"之类的词语去形容。然而透过他的作品，我们看到的最重要的东西不是才华，而是一位军人的信仰和灵魂。现实世界的游戏规则似乎早已明了，但为什么还有人在艺术之路上一意孤行、上下求索？我想，生命之可爱和可敬，莫过于知其不可为而为之。徐新国在装备科研单位工作。装备科研事业关乎国防大计，需要有文化、有才干的有志之士笔走龙蛇、记录历史、留魂驻魄，一切能起到鼓与呼作用的作品皆在期待之列。非常之事有待非常之人。在如此关键之时，徐新国一跃而出、一马当先，以迅雷不及掩耳之势攻下国内多家知名媒体的显要版面，让人们见识了他的实力和勇猛。

现在，让我们抛开一切有吹捧之嫌的解读，以旁观者的身份重新审视徐新国其人其作，看看能否听到另一种声音？发现另一个奇迹？我相信，一位真正意义上的猛士正缓缓走来。你和我一样，将成为幸运的见证者。那么，让我们一同起身，为此时此刻的徐新国喝彩和加油吧！

鬼才李昕

三十年前一个寒风吹彻的冬夜，吉林省长岭县迎旭北路一间低矮的平房内，五岁男童李昕在泛黄的纸张上聚精会神地描摹着：小河像飘带掠过大地，森林笑得左右摇摆，鸟群跌入湛蓝的天空……李昕不知道眼前浮现出来的东西究竟在表达什么，他也没想过长大之后的事情。他仅仅是一名五岁男童，热爱游戏，最爱涂鸦。当这样的夜晚接二连三降临时，李昕还继续着自己的游戏，但他的父亲却陷入沉思。李昕的父亲是那个年代在中国任何一座小县城都屈指可数的知识分子，儿子对绘画的痴迷让他兴奋而烦恼，他不知道该不该指引儿子走上学画的道路。凡是经历过风雨的知识分子都明白：选择艺术就是选择巨大的风险，这种情形类似于以壑为邻。

父亲的迟疑没能阻止李昕的热爱。对绘画的痴迷犹如一粒种子，一旦落地就会生根发芽、抽枝吐叶、迎风生长。李昕不停地画着。高兴了画，不高兴也画。上小学后，偶逢长岭县举办新苗画展，李昕向老师交了一幅画——《我和孙悟空比本领》。画面上一个娃娃指着黑板上的问题

"3+2=？"问孙悟空，孙悟空却犯难了，歪着桃状的脑袋抓耳挠腮。结果，这幅画获得了全县一等奖。奖虽不重要，但却让人们看到了孩子的天赋。李昕的姐姐乘势游说，最终说服了全家人支持弟弟学画。于是，李昕牵着父亲的手指头踏上了学艺之途。俗话说名师出高徒，小县城里名师似乎并不存在。但李昕幸运地遇到文化馆一位精通美术的老师，从此开始了系统学习。刚开始的那几年，父亲常常偷偷观察，结果每次都看到儿子对着画板痴迷描摹，于是他决定让孩子顺其自然地去发展。夏练三伏，冬练三九，说的正是李昕学画的事啊。酷暑时节，李昕光着膀子在画板前挥汗如雨；寒冬时节，李昕画着画着笔就冻结在一起。然而，李昕从未感觉到辛苦，他始终都被快乐萦绕着。

如果说人生存在着定数，那就是天道酬勤。十几年后，李昕像风中的小树一样长大了，凭借勤奋和天赋，他顺利考入中央民族大学美术系。那是一九九二年夏天的事情，李昕成为长岭二中小小的明星。给李昕带过课的老师们在为自己的学生高兴的同时，每人得到一桶食用油和一袋大米的奖励。就这样，蒙古族小伙子李昕来到了北京城，他像一尾小鱼从玻璃缸跃入了无垠的大海。大学几年，李昕依然在行色匆匆地苦行和潜修。他一如既往保持着求知的激情，像钻进花蕊的蜜蜂拼命吸食艺术的甘露。李昕勇敢地向着不同的方向去突破和尝试，他在自己的内心一次次进行着解构和重建。总而言之，李昕像一只蝉，历经黑暗和痛楚，长出了自己的翅膀。冬去春来，寒暑交替，李昕渐渐明白：美术就是与美有关的术啊。

李昕拥有绘画的天赋，但我不能说他是天才，因为另一个词更像是为他量身而作，那就是鬼才！当李昕把无数个白天和黑夜消磨在图书馆和画板上时，当他带着质朴执着之心徒步数百公里考察两河流域的文明时，当他彻底否认美术是为权贵和金钱服务时，当他感觉到艺术的脉搏在生活深处猛烈跳动时……李昕距离自己的梦想越来越近。他决定到部队实现自己的梦想，他相信百万大军中总得有人钻研与美有关的术啊！几个月后，李昕如愿以偿穿上了橄榄绿，成为有着美术梦想的革命军人。从那天起，李昕就把踏实工作当成了人生的第一要义。他的工作是绘图。绘图和绘画都有个绘字，但却是八竿子打不着的两回事。李昕企图拉近两者的距离！对一般人而言，这是发烧时才能诞生的念头。可李昕就是凭着年轻人的那股子冲劲，愣是把事情给弄成了！这个过程，仅仅用了不足一个月。在完成某重大科研任务期间，李昕绘制的火炮系统效果图让诸多同行眼前一亮。人们记住了那些精美的挂图，可是没人知道这是怎样的一双手绘制出来的。

像所有热血青年一样，来部队时李昕踌躇满志要忠诚于党、热爱人民，进而施展艺术才能，报效国家、献身使命。然而日复一日、年复一年，就像俗话说的媳妇熬成婆那样，李昕熬成了妻子的丈夫、孩子的父亲。当他明白自己的工作并不是为军队提供美术作品时，就收敛了梦想的翅膀，本本分分做好一名绘图员。李昕服从组织的安排，一次次出色完成上级交给的任务。日子就这么过着。日子过得又快又慢！十三年恍如白驹过隙，按说画是肯定要丢了，但李昕坚持了下来。李昕为美术而跳动的脉搏并没有止息！工作再累，生活再紧张，他还是在画，还是在思考，还是在用眼睛去发现和寻找……直到今天，单位里知道李昕懂绘画的人依然寥寥无几。李昕是寂寞的，但寂寞却能成就艺术。李昕因此踏上了远行之路。

二〇〇七年夏天，李昕带着一组美术作品走进机关办公楼的宣传科，他言辞羞涩地对我这个小干事说："我是来参赛的。"李昕的作品套着一个巨大的纸袋。纸袋撕开，在场的人震惊了——形形色色的美术稿件中，李昕的作品是绝对的异数！远看是国画，近看也是国画，但总觉得有些独特和奇异。仔细观察，才发现平面中暗藏着立体：水有涟漪、石有棱角、景有层次、人有性格……显然不是传统的国画技法。我便问："怎么画出来的？"答："用刀子！"问得直接，答得突兀。只知道杀鸡宰鹅需要动刀子，却从未听说绘画要动刀子的。我暗暗吃惊。不久，李昕的作品勇夺上级单位组织的纪念建军八十周年书画大赛一等奖。朋友们打趣："三百六十行，人人都怕动刀子的！"李昕快乐地笑了。

我们都对艺术持有热爱之情，因此交流渐渐多起来。在画界，曾经流行过形形色色的改良之法，比如双手健全的人偏要像鹦鹉那样用嘴巴叼着毛笔写字作画，类似事件层出不穷，让人哭笑不得。然而现实的情形是，只有怪招迭出才能把媒体勾引得大呼小叫，一些人正是因此而发迹。但这些令人惊骇和叫绝的行为，归根结底脱不了奇技淫巧的嫌疑。我对李昕的绝活保持了警惕。深入交谈和接触后，我终于相信李昕与前者毫不雷同。对李昕而言，绘画风格的形成并非建立在对工具的依赖上，以刀作画只不过是为了能将中西技法更好地融为一体。观摩过几次李昕的创作后，我只好惊叹自己遇到了鬼才。中国的民间艺术中也有刀画品种，但李昕手中的刀却以油画技法触摸着传统文化的山魂水魄，以偏锋之刃开辟了新的世界。李昕发扬了刀锋的冷峻和雄健，这一点令软笔作者望尘莫及！我可以确信，李昕的探索不是为了哗众取宠、博人喝彩。

李昕的作品有自己独特的精神和风范。他的画从骨子里讲是传统的，用笔轻淡却淡中有笔，画面错落有致、朴素自然，趣味蓄于静雅之中。细究他的山水佳构，便能看出诸多巧妙。当满世界流行万紫千红、大富大贵时，李昕没有投市场所好改变自己的风格。这么多年，李昕从未在名来利往的书画市场上悬挂和出卖过作品。真正的理想主义者都是不合时宜者。李昕不愿堕落至与流行为伍，他执着于自己的理想，义无反顾地向前走去。在他看来，画家急于赚钱就会遭市场挟持而丧失自我，势必要被艺术所抛弃。

二十余年了，李昕踏踏实实做人作画。几乎无人知道他的才华，更无人了解他的作品。李昕对艺术界的喧嚣充耳不闻。他身怀绝技却无半点经营意识，画技精纯却安于一隅之乐。别人以书画发财致富，跻身于名流之列，厮混于权势核心，他皆不眼红。李昕默默地钟情于艺术，细水长流而又紧锣密鼓——每日黎明即起开卷晨读，下班回家又开始舞刀弄墨。李昕最看重工作，从早到晚绘图绘图再绘图，或者扫地、擦玻璃、倒垃圾……杂七杂八一堆事全都干得一丝不苟。

李昕热爱军营，就像热爱绘画一样。

李昕是好人，他的画是杰作。

然而酒好也怕巷子深。这些年李昕还是太安静了。二月十八日夜晚，久旱的北京被一场纷飞的大雪笼罩，我和李昕再次畅谈至深夜。回到办公室，看着窗外在黑暗中撕扯翻滚的大雪，我突然有写一篇短文介绍李昕的冲动。于是写写改改、改改写写。一个通宵过去后，推开办公室的窗户，风卷着雪花扑面而来，我猛然感觉自己苏醒了过来。这段琐碎的文字写完了。这段文字写完在立春后乍暖还寒的大雪中。

我知道，写在这里的文字不是在宣传一个典型，而是为了向大家介绍一位朋友。我希望更多人了解李昕，了解他行走在刀锋上的艺术梦想。李昕曾说："我没有背叛梦想，像多年前那样我还和梦想生活在一起。"我相信，这是真的。因为，我们都是。

美丽不会随着青春而逝去

那个万物复苏的春天，十六岁的张文居一脸幸福地挤上开往异乡的汽车。风呼啦啦吹着空旷的北京城，张文居被前所未有的温暖包围并且融化着。她的脑海里充满属于未来的场景，两根蛇一样的麻花辫子伴随着青春的狂想在背上左右滑动……

四十一年的漫长时光，对张文居而言恍如一次穿越。六月天一个下午，我去采访张文居。走进朴素的办公楼，沿着狭长的走廊拐三道弯，看到一扇虚掩的铁门，轻叩两下就听到了响亮的应答。开门的人正是张文居。个子不高，短头发，大眼睛，表情含着微笑，神态蓄满沉静。我在张文居的对面坐下来。来之前就给她打过电话，说想找一些以前的老照片。原以为这些宝贵的东西会珍藏在精美的相册中，但张文居从抽屉里取出来的竟是个信封。信封打开，照片依次摊开在桌面上。

面对这些泛黄的照片，我能够感觉到，一段雾一样的时光重现了。四十一年，似乎漫长得看不到尽头；五十九岁，沧桑岁月如影子般长长地拖在身后。参加工作的第四个年头，张文居做了孩子的母亲，这一年她拿起照相机想学摄影，一位同事给她拍下了一组照片。现在，这组照片在我眼前的桌子上静静躺着——氤氲的怀旧气息中，一位年轻女人眼神明媚、笑容甜蜜。我说："老师年轻时真漂亮。"张文居开心地笑了。

出乎意料的是，张文居比我的母亲还要大两岁。坐在她对面，我感觉自己就是一个孩子。我和张文居始终都在聊天，采访的事忘得一干二净。你一言，我一语，往事的门被缓缓打开……一九七三年，张文居能讲一口流利的德语了。在全中国陷入集体无意识的年代，张文居却在未名湖畔看着德文小说。时至今日，张文居都牢记老师的教诲："我希望你们能胜任工作，成为对社会有用的人。"老师的严谨和认真影响了张文居。大学期间，张文居每天起早贪黑学习学习再学习，像那个年代的无数大学生一样，她的心始终被祖国占据着，她只想学好知识然后把祖国建设得像花园一样美丽。这种朴素的情感在张文居的内心点燃了火焰般的激情。当然，像周围同学那样，张文居并没有想过如何设计自己的人生。事实上，她也来不及设计，因为她的人生已经被祖国设计好了。

一九七四年，张文居从北京大学西语系德语专业毕业，被组织分配到驻京科研单位，从此踏上漫长的军旅之路。张文居毕业时正赶上部队号召为炮兵建设做贡献。当时全军都在学习雷锋，学习欧阳海，学习一切光芒四射的英雄人物和道德楷模。榜样的力量是无穷的，张文居至今都能感受到那种精神上的激励。在她的观念中，一个人只有凭借诚实劳动而活着才算是幸福的。

张文居对工作的态度完全是一心一意的。一九七四年至一九八三年，她一直在情报资料室从事翻译和图书资料工作。她喜欢这份与自己的专业密切相关的工作。每当翻译出一篇文章，张文居都能感觉到内心充满愉悦。然而，就在张文居沿着自己热爱的工作方向前行时，全军掀起档案管理工作规范化热潮，各单位都要选派综合素质过硬的骨干力量参加全军档案工作培训。经过反复研究，组织决定派张文居去学习。得知这一消息，正在情报资料工作中干得起劲的张文居有些忧虑了。她清楚地知道，接手新工作就意味着要丢掉外语专业。这个决定对个人而言无疑意味着牺牲。然而经过认真思考，张文居还是服从了组织的安排。这年春天，张文居离开图书资料组的办公室，在北京参加了全军档案工作培训学习，踏上一条完全陌生的道路。

我问张文居，对这次选择有没有感到过遗憾。张文居说："这是组织的决定，必须服从！"接着又说："那时人们对组织的任何决定都不会说不，没有人想过诸如自我设计之类的问题，一切都听组织的。"这让我想起一部影片中的细节——叶挺奉命去重庆谈判时说："组织要我去，我必须去！"对张文居而言，她之所以放弃自己喜爱的外语专业，就是为了服从组织的安排。那时张文居刚过而立之年，正是绝好的年华。她说："组织让干的事，我没想过拒绝。"

听党指挥，这就是张文居。对党忠诚，这也是张文居。

参加全军档案培训学习期间，张文居经历了一个艰辛的学习过程。培训期间，除了学习档案管理、机械制图等专业外，每天还要坚持政治学习。在培训班组织的几次参观学习中，张文居先后看到了清代馆藏档案、人民大会堂设计图纸等珍贵档案文物，这些保存完好的卷宗档案给张文居留下非常深刻的印象。经过近一年时间认真学习，张文居掌握了档案管理工作的基本内容。回到单位后，她开始投入到档案工作之中。这时她才发现，单位的档案工作还处在一片空白的阶段。当时，单位里连一间档案办公室、阅览室都没有，办公、阅览和档案资料都在一间库房里。张文居第一次打开库房的门时，看到的只是一片狼藉。面对乱七八糟堆放在角落里的档案，张文居二话没说就开始了整理。没有硬件设施，张文居向单位领导打报告，领导迅速做出批示：全部更换！缺少人手，张文居又给单位领导打报告，领导迅速责成有关部门抽调骨干力量参与。在张文居的全力推动下，单位的档案工作每天都在进步，工作效果渐渐显露出来。这一干，就是三年时间。三年后，当张文居看到档案室里分门别类、规范整齐的档案时，一种前所未有的自豪感在内心诞生了。紧接着，她又一鼓作气制定出档案管理工作规章制度……张文居把所有的热情都倾注到工作中。

这一埋头，二十六年的时光就过去了。

这一埋头，张文居在档案室坚守到今天。

回过头来看这么多年走过的路，张文居谈论最多的依然是档案。尽管，这仅仅是个平凡的岗位，甚至有些寂寞。用张文居的话来说："从事档案管理工作就意味着与获奖无缘。"尽管如此，张文居依然深深热爱着自己的工作。她说："档案工作很重要，我既然在这个岗位上，就一定要干好！"的确，张文居的工作始终是出色的。从建立档案室至今，在总部机关的两次达标验收和评比中，张文居所在单位的档案工作都被评为先进。张文居是这样理解的：档案工作是软成绩，需要时间积累才能开花结果，因此从事档案工作最忌急功近利。只有做好毫末之事，才能成就合抱之木。这么多年，张文居其实就在干一件事，那就是做好毫末之事！正是依靠这种沉静，张文居把单位的档案工作推向一个崭新的高度。

"每次听到同事们的赞扬和肯定，我就感到很开心，因为我觉得自己找到了工作和人生的意义。"张文居这样说。听了她的这些讲述，我恍如看到张文居的身影正在档案柜之间穿行。推开档案室的门，从这头到那头是十几米，从那头到这头也是十几米。难以想象，这短短的距离被一双女人的脚丈量了大半生。保存在这里的六万余卷科研档案见证了所有的一切，然而知道这里发生过哪些故事的人还会有多少？时光的云烟正在轻轻散去。

张文居深深体会到档案工作的重要性。有一次，单位一项科研课题中途下马，张文居认真将相关资料整理归档。两年后，该项目重新启动，课题组调阅张文居整理归档的资料重新攻关，一举攻克系列课题，给单位创造出新的发展契机。还有一次，在某新型计算器论证研发工作中，张文居为课题组提供了大量翔实的档案资料，对科研活动的顺利进行起到了重要的促进作用……这么多年，张文居在大部分时间里都是一个人坚守在档案工作岗位上，她坚信自己工作的意义，并为此而骄傲。在张文居看来，这份工作是党交给自己的任务，只有干好这份工作，自己才能获得内心的安宁。

二〇〇八年底，为了在工作中有一扇交流的窗口，张文居在单位园区网开通博客，闲暇之时上网写点东西，主要谈工作和体会。园区网上的博客并不少，但张文居的博客格外受人瞩目。虽然发帖不多，但张文居的博客每次更新都会引来很多人争相阅读，由于人气旺盛，她的每篇日志都保持着很高的点击率。

张文居拥有令人心生敬意的精神世界。对她而言，人生永远不能停止对意义的追寻。人生有了美好的信仰，世界才能变得美丽。在博客上，张文居写过这样一段话："天上的云，地上的心。我们也应像云那样生活，做一个美丽的、快乐的、诚实的人。这样，才能像云一样拥抱美丽无边的世界。"张文居的军旅人生正如一缕美丽的云彩。她是精彩的，行云流水；她也是洒脱的，淡定从容。时光可以带走一个人的青春，却无法带走美丽。青春是一道闪电，在生命的历程中倏忽消失，但美丽可以永远延续下去，美丽不会随着青春而逝去。

怀念未曾谋面的李老乡先生

我并未见过李老乡先生。但先生于我有过扶持的恩情，却是千真万确的事情。

时光倒流十七年，正是我痴迷文学、狂热写诗的阶段。那时我读了许多中外诗人的作品，中国当代诗人的作品中，就有李老乡先生的作品。或许是慕其名的原因，我给《飞天》杂志投稿，信封上总是郑重地写着先生的大名。我的诗作被先生数次留用发表，记得比较清楚的有两组诗。最初的一次发稿，也是发了两首。李老乡先生编发了我的诗作，这让我在学生时代深受鼓舞、信心大增。我还记得，先生用毛笔写信封，字有神仙气。我景仰先生的才华，梦想着日后干出点名堂，或许有缘与先生相见。可是世事无常，今后我只能仰望星空，于日月星辰间寻觅属于先生的那一羽光芒了。

我从陕西师范大学新闻系毕业后，到了军队工作。军旅第一站是到广西桂林陆军学院学习。学习期间，偶有空闲我还会写诗，又给先生投过一组诗。随后，我从桂林结业，奔赴湖南衡阳，在湘江边上继续读书和写作。很久之后，听人说起《飞天》杂志的样刊和稿费曾经寄到广西桂林陆军学院，样刊无人认领，稿费应该退回了杂志社。我知道这是先生编发了我的诗作。但我已经没法收到样刊和稿费，我开始了漂泊的军旅生涯，与外界的通联时断时续，此后多年忙得犹如打仗，根本无暇寻找一张安静的书桌。又过了数年，《飞天》杂志社编辑出版《六十年大学生诗苑卷》，我的诗作入选了。看到目录时，我发现正是在广西桂林寄给先生的那组《灵魂之诗》。

二〇一五年的圣诞夜，我到达了上海大学，参加首届中国网络诗人高研班。此时，我个人的成长道路遭遇了急流险滩，先是在二〇一二年十月因超龄三十多天未能调入解放军报社，两年后又因同样原因未能调入总部机关，组织协调未果，个人一筹莫展，最后不得不回到原单位工作。但我并未因此而对生活失去信心，工作之余重新拿起笔写作。回原单位前夕，意外得知中国诗歌网上线的消息，于是抱着试试看的心态投稿，结果组诗《阿拉善》很快当选"每日好诗"，著名评论家杨志学老师亲自做了点评。这是多年前我在内蒙古阿拉善左旗采访期间写成的诗作。随后，中国诗歌网策划组织首届中国网络诗人高研班，我幸运地入选了。这时我才发现，文学道路上依然有一盏灯微弱地亮着。在上海大学，高研班的班长是人邻老师，他在甘肃兰州工作，与他聊天时谈及李老乡先生，得知先生早已退休，且不在兰州休养，而是去了天津。大抵是随子女前往彼处享天伦之乐了。

二〇一七年年初，又一次听到先生的消息。在与几位老师聚会时，一位与先生相熟的老师说，老乡先生善饮，但个子小，酒量不大，喝多了会从椅子上溜下去，曾经掉到了桌子底下。这些酒桌上的故事，也是从酒桌上听来的，无从考证真假，只能算是轶事了。我却由此想起汪曾祺先生晚年饮酒的故事，人生至暮年，借杯中之物体验羽化登仙的快乐，是一件可以写进文章的趣事。那一日，回到家中我就打开柜子翻检留存的几瓶酒水，并无珍品佳酿。我想，若日后有机会请先生吃饭，带上故乡的西凤酒才妥当。

先生工作期间躬耕于名城兰州，以诗文名噪天下应该也是在大西北。而我的故乡在陕西凤翔，凤翔古称雍州，乃周秦发祥之地，同属西北历史古城。初识先生作品时，我正在凤翔东湖之畔的学校里读书，还是个十几岁的男孩。先生的作品在中国当代诗人中辨识度较高，风格较为独特，与受西方文学影响成长起来的诗人截然不同。我曾逐字逐句研读过先生的作品，反复咀嚼，久久回味。实话实说，先生是影响过我的诗人之一，但这种影响并不是类似于创意写作的授人以渔，也不是遣词造句的写作技法，而是明白了要在作品中写出一缕气息、一点温暖、一粒灯火和光明。

七月十日早晨，我正在给一家期刊写关于《论持久战》的随笔。突然看到人邻老师发在群里的消息：诗人老乡十日六点十分在天津职工医院病逝。先生享年多少岁？所患何病？都不知道，可是知道了又能如何。那一刻，我心头感觉到了震动。在这种复杂的心情中，我继续写自己的稿子，竟然一挥而就。而就在昨夜，我还处于心神游荡、搜肠刮肚的状态，不知道如何才能写出真实的感受。现在突然间好了，拿起笔犹如跨上战马，一路疾驰而去。在这篇随笔中，我写道："因为这部作品，我变得勇敢了，也变得更加豁达。我明白了一个道理，我们也许出身贫贱，也许人微言轻，也许才疏学浅，也许默默无闻，但只要投奔人生梦想、坚信真理必胜，生命同样会焕发出迷人的光彩……"我宁愿相信，是先生赐予了我灵感，指引了我前行。无论今后的路怎么走，我都会守护好内心诗意的灯盏。

写在这里的文字，怀念先生恩泽的同时，也从心底感到一丝惭愧。我大学毕业前的写作状态，在踏上军旅路途后停滞了，虽然文学的灯盏始终不远不近地指引着我，但我却将精力投入到了谋取生存和发展的事业上。若干年后，当我惊觉华发早生、万事蹉跎时，已受尽了挫折。像在大地上漫游，我走了这么多弯路，再次回到了文学的道路上。此时再回忆先生当年无私的扶持，心中感慨万千。先生数度帮我发表习作，不曾喝过我一杯茶，吃过我一顿饭，更与我非亲非故，放在今天来看更显得珍贵。虽说编辑编稿子、作者写稿子，属于天经地义的事情，但千里马常有，而伯乐不常有。何况编辑队伍人数寥寥，作者队伍却始终庞大。心地坦荡始爱才，好编辑都是无私的。遇到好编辑，是作者的福气，这里面有缘分，更有恩情。我要继续写，而且要越写越好，为了文学，为了自己，也为了所有像先生一样帮助过我的恩人。我要用作品证明一个事实——帮助我的人没有看走眼，更没有看错人。

相信所有的诗人都将在天堂相逢，他们会在群星璀璨的花园中继续绽放灵魂的诗意之光。愿李老乡先生安息。

十一日过古城逢苍石有记

　　十一日路过古城，给苍石发短信，问是否方便一聚。手机尚未放回口袋，便叮咚一声。打开看到四字：快来快来！几小时后，我们见面了。老地方。师大路老白家饭庄。老白家饭庄已经显得古旧了。大厅里稀稀拉拉坐着些食客，面前商量过似的一溜儿摆了脑袋大的海碗。一小碟糖蒜，一小碟香菜和葱花，一小碟油泼辣子，发面饼子捏在手心里掰啊掰着。我们径直往二楼去。二楼靠窗的那张桌子是我们的固定座位。已经有整整十年时间，只要我们走进老白家，不论食客多还是少，这张桌子必定在等待我们的来临。今天我们再次如愿了。我感慨："毕业两年后回师大，在校园走半个钟头也找不到一个空着的座位，这才觉醒——师大已没有属于我的座位了。""但老白家还没有抛弃我们啊，"苍石笑着说，"这桌子是上帝为我们安置的。"像十年前一样，苍石坐北朝南，我坐南朝北。服务员拿来菜谱。我们没有看菜谱。我们还需要看菜谱吗？老白家的菜谱就像小学课本一样烂熟在心里。小盘鸡、凉菜、羊肉串、拉条子或者泡馍、啤酒。我们快活地笑起来。

苍石是个笔名。我曾很羡慕他得到这么好的笔名——苍苍之石，蓄满情绪和力量。苍石大学毕业时我才小学毕业。他被分配到咸阳地区一个中学教书，业余写些美文发在报刊上自得其乐。那时我开始有了文学梦，狂热地读书，抄写了汪国真等人的数百首诗歌，并找来大学中文系的教材啃着读，一两百页的笔记本写满了几十本，投给报社的豆腐块也隔三岔五地发表出来，引起很多男孩子和女孩子的羡慕，小小的虚荣心气球般膨胀起来。就在那时，我记住了苍石的名字。苍石后来说，他也是在那时记住了我的名字。命运总是让人感到神奇，我们没有想到日后竟然会见面，并且成为忘年交的好朋友。

一九九八年，我从西秦的村庄来到西安读大学。第一天去上课，中文系1108教室门口正对着楼梯，我顺着楼梯走上去，看到一个报社的牌子挂在门上。一九九三年，我曾在这家报纸发表过一篇散文，得了十五元钱稿费，样报却弄丢了，我一直疑心是母亲拿去糊墙或是剪了鞋样。看到报社近在咫尺，我兴奋得心花怒放，萌发了讨要一份样报的念头。一连几天，课间休息时我就到楼上看一眼报社的门。门虚掩着，里面有几个人走来走去。我却没有敲门的勇气，最后采取最懦弱的方式——给编辑打电话。接电话的编辑听了我的话很爽快地答应帮忙找，并约我第二天上午直接到编辑部。第二天，当我小心翼翼走进报社时，看到一个三十多岁的男人正笑盈盈地站在桌前。他很快就将复印好的样报给了我。这个人就是苍石。从那天起，我们的友情开始了。

一转眼十年过去了，苍石似乎没有发生什么改变。十年前他衣着朴素、神情安详，十年后依然如此。也许苍石喜欢的就是闲云野鹤般的淡定。在流逝的时光中，他像荒野中日月浸淫的石头，沧桑但却看不出衰老的痕迹，始终那么不动声色地看着你。

我们像师徒，像朋友，像兄弟，最后我发现，我们仅仅是两个气味相投的酒徒。虽然都没酒量，但我们见面必要喝酒，一人一瓶啤酒就喝成了红脸蛋。背着苍石，我常常眉飞色舞地宣传：苍石这家伙真乃神人也！我丝毫没有夸张。苍石在咸阳地区的中学里教了几年书，突发奇想要到外面的世界去闯荡。那时候人们把广东描绘成人间天堂，苍石不能免俗地挤上开往广州的列车。他拎着自己的皮包，皮包里装满发表在报刊上的美文。那时的苍石踌躇满志，他丝毫没有想到广东会让一个理想主义者头破血流。后来发生了很多事。苍石没有找到工作，直到连买返程票的钱都花完了还是没有找到工作。他这才意识到问题的严重。但苍石是不肯服输的人。接下来他开始饿着肚子在街头游荡。费了九牛二虎之力，苍石在一家黑作坊谋到差事——每天扛柄铁锤砸白灰。干了二十来天，苍石顶不住了，他担心自己的肺马上废掉了！辞掉这份工作回到租住的小屋，苍石看到几个老乡正坐在屋里呜呜地哭，一问才知道同住的一位陕西籍男子在街头被杀了。人死得不明不白，凶手却逃之夭夭。谁也不知道死者家属怎么联系，最后只好草草火化了事。从那天起，苍石和朋友们外出找工作，口袋里就多了份遗书，上面写着籍贯、姓名和家庭地址。苍石对我讲过那段日子的故事。我印象最深的是他说过的一句话："我穿着一双布鞋在傍晚的大街上走，看到太阳是那么红那么低，连心跳的声音都听得真真切切。我那时想，这辈子恐怕要死在这个陌生的城市了！"

很幸运，苍石活了下来。

半死不活地过了一阵子，苍石流浪到深圳。这时他遇到了恩人，一个有钱的暴发户。这人没文化，但却赏识苍石是读书人。于是苍石有了一份体面的工作，他成为暴发户的私人秘书。时隔多年，苍石提起这个好心的暴发户，依然一口一个"老总"地感慨不已。赚到一些银子后，苍石回到了故乡。至此，苍石的下海之旅以完败而告终。经过两年的折腾，苍石彻底一无所有了。曾经任教的中学不给他继续任教的机会。万般无奈之下，苍石只好重新开始写作。可是写豆腐块能赚回几个零花钱？为了养活老婆孩子，苍石硬着头皮请求一位中学校长，希望对方同意自己给学生们做一场写作演讲，他只要一元钱的出场费！没有任何悬念，苍石的演讲震撼了学生和老师，特别是震撼了这所中学的校长。原本说好讲一个小时，结果讲了四小时。暴风雨般的掌声一次次淹没了苍石。最后，校长塞给苍石五十元钱。这是苍石在绝境中获取的第一桶金。

俗话说：天无绝人之路。就在苍石走投无路之际，一位高等学府的教授打来电话，问苍石是否愿意到某文学报纸做编辑。苍石匆匆赶往西安应聘。一双脚快要跑断了，满头大汗的苍石出现在教授家的门前。按下门铃的瞬间，苍石的心猛烈地跳起来。门开了。开门的人正是教授。苍石说："我是来应聘的。"教授问他有什么要求。苍石说："有饭吃，有地方住，就行了。"教授说："明早到报社上班。"又问："没别的事了吧？"苍石没想到应聘这么简单，一叠声地说："没了没了。"就这样，苍石在西安城迈出了人生的第一步。

我和苍石相识，正是十年前他初到报社的日子。那时苍石在瓦胡同租房住。瓦胡同是西安南郊一条乱糟糟的小巷，又脏又乱又差，与师大仅有一墙之隔。这里充斥着三教九流的人物，卧虎藏龙如苍石，藏污纳垢如妓女、小偷诸色人等。不久，苍石失业的媳妇带着幼小的女儿赶来投奔，一家人挤住在不足五六平方米的小屋中。对于苍石在瓦胡同的生活，我是彻头彻尾的见证者。十年后的今天，当我们坐在老白家回首往事，不禁感慨往事如烟又并非如烟。几杯酒下肚，苍石瞪着眼睛说："我打算写一部小说，名字就叫《瓦胡同》。"我说："贾平凹写过《土门》，你再写个《瓦胡同》，那就是陕西文坛的双响炮了。"苍石用手指叩着桌子，一字一顿地说："瓦胡同里的人物，我不用采访他们，因为我就是他们！"苍石的这句话让我心头一惊。这正是我长久以来苦苦思索而得不到答案的问题啊。苍石又给我讲了几位邻居的故事，一边感慨民生多艰，一如喟叹梦想与现实的差距。我们喝干了杯子，又倒满了杯子。

苍石是慢性子，温文尔雅、不急不躁，总是一副胸有成竹的表情。我说："你是越活越年轻了，我这几年可是大伤了元气。"苍石开心地笑了，热切地说："你是想干事的人，你也能干成事！"我们哈哈大笑，举起杯来一饮而尽。

现在我是相信了，世上还是存在着"天道酬勤、苦尽甘来"的哲学。今天的苍石已有了个人工作室，拥有一份独立经营的报纸，策划编著的图书常常占据书店显眼的位置。与当年在瓦胡同蜗居的困窘相比，今天的苍石已是西安城最小的房地产商人——拥有房产数处，全家住一套，余下的统统出租经营。

我感慨道："再回西安，老白家可能荡然无存了。"苍石说："就算老白家不在了，我还在啊，我们永远能坐在一起喝酒聊天。"也许是喝醉了，我呵呵笑起来，脑海中浮现出一个未来的场景：我和苍石坐在山巅上，喝酒，不，是喝茶，一个劲儿瞎聊，天南海北、古往今来、前世今生……所有消失的梦想全都复活了。

怀念高老师

　　我不相信高老师已经走了。那么英俊威武的一个人，怎么说没就没了？都说地上死一个人，天上就会掉一颗星，我已经很久没看到流星跌落，可是高老师又为什么会离开呢？这真是一个令人不解的世界。我只能想到四个字——天妒英才！前些年，在一位作家的书房里见过一幅字：不遭人妒是庸才。呵呵，茫茫宇宙，小小地球，人是什么。人的胸怀再宽广，也还有着真伪的划界。可是天不同。天是无边无际的，是大光明大智慧。悲哀的是，天竟容不下一个好人。

　　刘哥说，快两年了。我惊讶地抬起头，手中的酒杯再没能举起来。看来，如果不是这次兄弟们聚会，我还将继续闭目塞听。大伙儿说，这两年发生的事真不少……事确实是越来越多，但我再没有听进去。返回单位的路上，我想的只有一件事——高老师再不会回来了。

　　央视记者柴静采访高老师那天，我还帮高老师收拾过办公室。小屋里没有奢华的办公设备，桌椅极简单极朴素，那台十余寸的戴尔笔记本电脑，显然已用了好久好久了。我曾对高老师说：部队新闻和新闻区别蛮大，稿子写着写着就没法下手了。高老师看着我微笑。他的微笑让我迷惑不解。高老师说，这些稿子啊，一会儿写一个，其实简单着呢。说完又是面带微笑。高老师给我讲过如何写稿，但我全都忘记了。我只记着"一会儿写一个，其实简单着呢"。后来每逢写稿，我都会在内心将这句话默念数次，然后开始码字，一气呵成，从未卡过壳。

在我印象中，似乎从未见过高老师吸烟，但他最后竟是因为患肺癌而不治。听到病因，我反复问："是真的吗？是真的吗？"我知道答案已无法更改。肺癌让高老师的生命之钟停止了摆动。我还记得那个晚上，在刚刚装修好的新房子里，高老师兴致勃勃地给我和另一个小伙子介绍每件物品背后的故事。那些石头，那些沙子，那些弹壳……全都来自中国九百六十多万平方公里的不同角落，那些角落有的在新闻纪录片中听到过，有的从未听说，总之我迄今尚未抵达其中的任何一处。

很多年前，高老师走完了中国的全部边境线。在采访鄂伦春原始部族时，他带回了一部弩机。弩机并不大，弓弦是用植物纤维搓出来的，箭镞竟是一根纤细的小竹棍。我见过兵马俑博物馆的秦军弓弩，锋芒逼人，一看便知是攻城略地的利器。鄂伦春人的弩机多少有些简陋了。我问高老师：这么一根小竹棍能有多大杀伤力？高老师连忙打住我的话，说：嗨，可别看这弩机小，威力大着呢。说着就从墙上取下弩机和箭袋摆弄起来，瞧那样子蛮像个猎人。高老师半蹲着身子，将小竹棍横咬在嘴上，然后转身朝着对面的墙壁，左手持平弩机，右手缓缓开弓。我想，高老师这动作，绝对是从鄂伦春人那里学来的。我们在旁边仔细看着，高老师还真把弓给拉开了！然后他从嘴上取下小竹棍，小心翼翼地往弩机上搭，但有些不熟练，手指哆嗦了好几下才装好。高老师回头看了我们一眼，高兴地说：好了。然后他似乎扣了一下扳机。弩机纹丝未动，小竹棍并没有飞射出去。高老师低头检查了一下，说：完了，弓弦没弹性了，一拉长就不缩短了。我们哈哈笑起来。高老师也笑了，边笑边说：

鄂伦春人用这弩机，能在几十米的距离上猎杀野猪。

然后，高老师又给我们介绍记载着他新闻足迹的藏品。在新闻界，高老师以"上天入地下海"等而享有盛名。他曾在核试验后抵达爆心完成采访，曾随海军潜艇在漆黑的海下航行，曾从飞机上一跃而出拽着伞花降落，曾在祖国最高的哨卡、最远的哨卡、最冷的哨卡留下过跋涉的足迹，曾在老山轮战的炮火中出生入死完成新闻采写任务……高老师身后的脚印太多了，他走过的路永远熠熠生辉。当然，高老师的作品也将毋庸置疑地成为中国新闻领域的一座丰碑。我想，这在中国新闻界应该不会有质疑的声音。因为，不论是谁，又有什么资格去质疑呢？在高老师面前，我们都是学生。

我敬佩高老师。他是理想主义者，是了不起的行者。

几年前，我来到目前工作的单位，很快就去参加上级组织的新闻骨干培训班。第一天上课，受邀来讲课的竟是高老师。高老师刚在主席台坐下，就看到前排最左侧的我，顿时有些惊讶。之前，他并不知道我到了这个单位。他以为我还在广东。而我，那时因为种种原因并没将其中的曲折告诉老师。高老师问：陈怎么在这儿？高老师一直叫我陈，而不是小陈。我说，我刚来这个单位，具体情况还没来得及给您汇报。高老师点点头，开始讲课。

午餐时，我将自己的情况给高老师简单做了说明。很快，几桌子人轮流挤着给高老师敬酒，我们再没有细谈。高老师的眼神中有对我的鼓励，也有一丝忧虑。

那天，高老师午饭后就走了，送别的人很多，唯有我躲在房间里没有出去。我听见高老师在窗外和大家道别的声音，但我躲在房间里没有出去。不知道为什么，我竟然泪流满面。我在内心说，我的路越走越泥泞了。

没有想到的是，这竟是我和高老师的最后一面。

我是一个固执的人，这么多年曲曲折折地走过来，依然一厢情愿地认定自己是一个理想主义者。而高老师，就是我心目中的偶像和英雄。在未曾听闻高老师姓名和成就的时候，我就是带着新闻梦想来到了部队。今天，我的新闻梦想渐行渐远，但写作的梦想依然在延续。因此，我对高老师的尊敬和爱戴，其实也是对理想主义情怀的尊敬和爱戴。在我看来，只有坚守理想的生命才是美好的。而高老师的一生，就是投奔理想的一生，不仅美好而且精彩，不仅精彩而且传奇。

这辈子，我已不可能成为一名真正的新闻记者。但我会继续写作。想起高老师，我觉得自己并不孤独。"一会儿写一个，其实简单着呢"。是的，我就是这么认为的，我也将这么干下去——一会儿写一个，其实简单着呢。

我想，高老师也有他的困惑，但那是深层次的现实问题导致的。任何一位理想主义者，都有自己必须面对的困境。这是恒久的矛盾和斗争，是永远没有尽头的游戏。好在，这一切都已经成为过去。高老师安息了，他再不会受到打扰，他的灵魂依然光芒四射。

米沃什说："我们拒绝相信存在上帝，原因是任何良善之人都难以想象：在有上帝主宰的世界里，人们竟然活生生地遭受那样的折磨。我们希望通过拒绝去获得行动的力量，去改变一些事物；换句话说，我们想羞辱上帝。"我想，上帝是真的不存在。

怀念高老师，不是因为他获得过中国新闻最高奖，不是因为他高级领导干部的身份和地位。

怀念高老师，就是为所有理想主义者喝彩，赞美他们在黑暗中持烛前行的壮举。

怀念高老师，就是仰视他，并且渴望成为他。即使不可能成为他，也依然仰视和渴望。

马车运回的东西

一个人发誓要到遥远的地方
太阳的山寨和月亮的城堡
运回压垮马车的财富、名誉和爱情
但最终，他运回了自己

——引自拙诗

人来到世界上，也许是件安静的事情。但当他降生在人群里，喧嚣的一生就开始了。

我们不可避免地站在了出发的地方。那些远去的祖先的背影，在我们心头影影绰绰、升腾涌动。我们也许走上了一条大地上从未出现过的道路，但我们最终发现，我们还是在某种意义上重复了先人的一生。只不过，我们可能要比生活在那个年代的他们更加躁动不安、惶惑不堪、风尘仆仆、身心俱疲。若干个春天里，生命的河水一点一滴从我们的身体中流失着。有一天，当我们蓦然回首，桀骜不驯的额头已露出一段段干涸的河床。而河床，会把河流的故事轻轻掩盖。

也许，这辈子我们弄明白一件事情就足够了，但我们把自己分散到茫茫人海中，把脚印洒落在无数条通往不同方向的道路上。所以，我们最终仅仅是在道路上折腾起漫天尘土，当我们再没有力气折腾时，尘土也就安静地落了下来。一切都回到原来的位置。这时我们终于明白，生命注定要归于安静。

刘亮程，这个"对一朵花微笑"的乡下汉子，这个"在一根木头旁成长"起来的作家，他与我们所有人一样，是一个赶路的人。只不过，在那个名叫"黄沙梁"的遥远村落里，他还没有在真正意义上抵达更加遥远的地方，就赶着命运的马车回来了。

他看清楚了，自己是"一块名叫刘二的土块"，也是"一场名叫刘二的风"。他曾像所有年轻人一样，期望到达更加遥远的地方，幻想将苍凉隐忍的泥土抛在身后。但他最终回来了。他"背着一捆柴回家"了。

人活在世界上，开始的时候喜欢听同类说话，到了最后常常更愿意听鸟的歌声，每个人的心里注定埋藏着孤独。刘亮程是明白较早的人，上天给了他孤独而智慧的灵魂。在天高地远的"黄沙梁"，他真切地看到自己将要在落满尘埃的村落中完成人生最重要的旅行，或者说跋涉。他相信自己已经提前回来了，那驾生命的马车上，布满伤痕、灰烬、往事和叹息，但现在它回来了，安静地停泊在阳光里。生命的马车，最终将时间背后的某个东西运了回来。

《站在黄沙梁边上》延续了刘亮程散文的叙事风格，但在内容上增加了许多对命运与灵魂的思考。或者说，这是一位站在城市冥想村落往事的诗人作品。毕竟，刘亮程最终还是进城了，那片泥土孤独依旧。在这本集子中，我们能清晰地看到，一位漫游归来的大地之子的表情。他已经彻底变得安静起来，因为他早年赶出的那驾马车回来了。

他微笑着告诉你，人最终能够运回来的仅仅是自己。你信吗？

逆光下的地坛

多年前的一个下午，一位失魂落魄的年轻人摇着轮椅进入古园。那时古园杂草丛生、荒芜冷落，年轻人抬头张望，看到一枚猩红的太阳斜斜地挂在天上。他的影子拖在地面上，仿佛与时间纠缠不清。他感觉自己被巨大的虚无包围了，神情开始变得恍惚……

这位年轻人名叫史铁生，他所走进的古园就是地坛。

或许是造化弄人，史铁生在生命中最狂妄的年龄上突然双腿瘫痪，他的心被命运的大手揉成了碎片。由于残疾，他找不到工作，看不到希望，大地上的每一条道路陡然变得漫长起来。有段日子，史铁生每天神色匆匆摇着轮椅出门，但他不知道自己要去哪里，他的眼睛里充满复杂的神情。

然而，那个不同寻常的下午，史铁生找到了"逃避一个世界的另一个世界"。他认定地坛就是上天为自己苦心安排的修炼之地。于是，他开始整天往地坛跑，就像上班下班一样早出晚归。世界依然喧嚣，但走进地坛的史铁生渐渐平静了下来。

在地坛，史铁生日复一日、年复一年地陷入遐想。他开始重新思考自身的残疾，继而开始探究精神的残疾。在对灵魂的反复拷问下，他想到了生命的价值与生存的意义，他觉得这一切都可以放进信仰的摇篮，将整个宇宙晃动起来。仿佛得到某种神秘的启示，史铁生开始写作了。

静静坐在地坛的史铁生，比四处奔走的人更关注现实世界的状况。在作品中，他一次次追问究竟是何种荒谬的原因导致了人生的悲剧。而在创作《务虚笔记》时，他开始毫不留情地解剖起人的灵魂——何为人生的价值？在追求实现人生价值的过程中人们丢掉了哪些东西？他睿智而冷静的言辞让阅读者感受到某种神秘的战栗。

史铁生失去了自如行走的能力，但他的精神跋涉从未止息。对爱的信仰，让他坚信人生的意义就在于超越俗世的苦难，获取灵魂的温暖。在他看来，人生类似于无数生命的单调循环。茫茫宇宙中，这样的循环充满了孤独和荒谬。而真正的救赎之路，凭借健步如飞的双脚未必能够走完。史铁生相信，加入伟大的精神之旅才是完成自我救赎的唯一办法。

"你以什么样的形式与世界相处，你便会获得或创作出什么样的艺术形式。"史铁生视真诚为作家创作的基本素质，这种素质将以艺术的朴素得以再现。文学创作之于史铁生，其实只是一场"赴死之途上真诚的歌舞"。从不写诗的史铁生，他本身就是一首诗，令人读罢心绪宁静。

当我开始阅读史铁生作品时，他已在轮椅上度过了将近二十个春秋，写出了《我的遥远的清平湾》《命若琴弦》等重要作品。在北京，我也常去地坛，有时候逛书市，有时候看庙会，有时候没啥事，就在地坛里静静坐会儿。地坛，已成为热闹的地方，唯有琉璃瓦上的青苔透着一丝沉寂。

在地坛，我没有遇见过史铁生。但我知道每条路上，每棵树下，都有过史铁生的身影。我想，对史铁生而言，最初的写作或许仅是释放心灵的痛苦，而随着时间推移，写作日渐重要——除了找回生命的尊严，史铁生还将在自己构筑起来的文学世界中重活一次。

二〇一〇年十二月，史铁生走完了自己的尘世之路。有人提议在地坛为史铁生塑像，也有人提议将史铁生的骨灰安葬在地坛。而我想作一幅画——一位年轻人在地坛的苍松古柏下逆光伫立，他的身后有一架破败的轮椅……

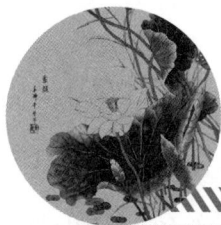

第四辑　我是一块远行的泥土

手帕上的风景

　　如果时光可以倒流，让我们退出一团糟糕的生活，回到少年或是更加懵懂的阶段，那么我们的口袋里都可能揣着一块小小的手帕。那是一个人人都有手帕的年代。孩子们有，大人们也有；女人有，男人也有。按照母亲的要求，我将手帕叠成整齐的小方块，装在衣服的口袋里。外婆的手帕是天蓝色的，稍大一点的棉布手帕，常常戴在头顶防灰土，像帽子，又像一面旗帜。在我的故乡西秦，女人头戴手帕由来已久，地方志将其列为关中八大怪之———"手帕头顶戴起来"。三年前，头戴手帕的外婆走向了另一个世界。今天，西秦女人已经不戴手帕了。我想，人们津津乐道的关中八大怪也将成为历史。

　　多年前，我在《读者》杂志卷首语上读到诗人刘亚丽的一篇文章——《你还有自己的手帕吗》。那篇文章在我的内心融入一股暖流。我的眼前浮现出许许多多关于手帕的记忆。你还有自己的手帕吗？毫无疑问，我们的手帕已经没有了。随着社会发展，特别是廉价纸巾出现后，曾经象征一个时代的手帕逐渐销声匿迹。我想，与手帕同时消失的还有一段岁月，我们童年的记忆跟随许多文化情结一起走入时光之火化为灰烬。因此，在今天说起手帕，其实就是唤醒一段蒙尘的记忆。

手帕留给我的影响将贯穿一生。对我而言，手帕的实用功能可以视而不见。我要说的是手帕的生命。手帕是有灵魂的。特别是当手帕变成一个个布娃娃之后。我从四岁开始迷恋布娃娃，我的布娃娃都是手帕做出来的。快要读完高中时，我才彻底告别玩布娃娃的时代。我埋葬了所有布娃娃，那些为布娃娃制作的刀枪棍棒和奇装异服一并埋入了地下。今天，我的布娃娃们早已尸骨无存。因为埋葬他们的地方在盖新房子时挖了地基。深深的地基填满水泥和钢筋，我的布娃娃们彻底魂飞魄散了。

第一个教我用手帕制作布娃娃的人是小姑父。记得他曾带我去看一场文艺晚会。一群姑娘坐在高高的独轮车上，把一碟碟碗踢到头顶摞起来。我总担心她们会掉下来，或是踢出去的碗飞到舞台下。于是紧张得满头大汗。晚会结束后，小姑父向我手一摇，竟然举着一个布娃娃，布娃娃是用手帕绾出来的。

很快，我学会了用手帕做布娃娃。后来，我开始琢磨更多制作布娃娃的方法。但材料大部分是手帕。于是，我的手帕隔几天就会"消失"一块。母亲常常四处"搜捕"我的布娃娃。骂我是败家子，把好端端的手帕糟蹋了。她其实没想过，手帕仅是一块布，做成布娃娃就有生命了。

到十六岁时，我用手帕做过的布娃娃已经不计其数。不仅如此，我还给布娃娃造了房子，房子是用麦秸秆编织起来的，有门有窗，门能开阖，窗能通风。我给布娃娃造了武器，刀枪棍棒弓箭甲胄一应俱全。给关云长打造的青龙偃月刀锋利无比，是用钢质锯条一点点磨出来的。为了完成这件"神兵利器"，我甚至不小心割破了手指。我还给布娃娃造过木制小汽车，用废弃的金属管造出了装填黑火药、发射鞭炮弹丸的大炮……和布娃娃在一起的日子真是快乐极了。很多时候，我白天读书，晚上就让书中的故事在布娃娃身上重现。这种美妙，这种快乐，旁观者永远无法体会。有一次，我坐在床上玩布娃娃，外婆趴在旁边静静地看，她自言自语地说："你演的是戏里的事情。"我听后大吃一惊，问她怎么知道。外婆说："牛皮灯影（皮影戏）里也是这样演的。"原来皮影戏里也有我演的故事。于是，我改玩自编自导的警匪枪战故事，这次外婆看不懂了。她不时地问："是《地道战》吗？"我摇摇头。"是《上甘岭》吗？"我摇摇头。我相信外婆永远都猜不出来。因为我演的故事属于未来——一个和我同名同姓的警察正将江洋大盗逐一缉拿归案、绳之以法！

玩手帕竟然玩出了名声。街坊邻居们都预言：这孩子日后要成为戏子。我不止一次听到有人向母亲建议：让你儿子去学戏吧。有那么几次，母亲似乎心动了，当她从我的被子里、枕头下、书包内等等角落搜出一堆布娃娃时，我看到她的眼睛里不再有生气的神情。于是，母亲给父亲说出了别人的建议。父亲有些生气，他一字一顿地说："狗嘴吐不出象牙！"然后扭过头来看我。我能够感觉到父亲的目光异常复杂。而我坚信布娃娃和皮影戏不是一回事。皮影艺人都是摇头晃脑地唱着秦腔，只能坐着表演。而我除了可以坐着表演，还可以躺着和趴着。皮影艺人演出要收人家的钱和粮食，收了钱和粮食就要听人吩咐，人家喜欢看什么就得演什么。而我不是戏子，我想演什么就演什么，我想什么时候演就什么时候演。皮影戏是演给别人看的，我只为自己演……布娃娃就像童年的我一样，每天都自由自在，甚至是无法无天，这正是我热爱他们的原因。

上中学后我还在玩布娃娃。每个周末回到家，我就会一头扎进房子，左手一个布娃娃，右手一个布娃娃，让自己沉浸在幻想的世界。这时家人已经不再对我进行干涉了。他们十年如一日目睹我和布娃娃的表演，已经丧失了干涉我的激情。或者说，他们已经对我的布娃娃视而不见了。就连妹妹也不总是叫我哥哥了，她常常叫我"老顽童"。

后来，我开始听到人们的嘲笑声。他们说没有文化的父母生出来的孩子都将成为社会的包袱，就像我长得跟长颈鹿一样高了还只会玩布娃娃。他们建议让我尽快到父亲工作的单位上技校，将来或许还能当个钳工焊工什么的混碗饭吃，要不然……要不然会怎样？他们没有继续说。我开始有了屈辱的感觉。

终于，我烧掉了为布娃娃写下的一堆剧本。

终于，我将所有布娃娃埋进了庭院角落的泥土。

长大之后，在阅读古典文学作品时我还注意到一个现象，那些迷人的角色们经常用遗失手帕的方式传情达意。那些躲在手帕背后的表情总是羞羞答答，美好得让人灵魂出窍。我知道这一切都存在于已经消失的时光中。今天的人们再不会用手帕传递爱慕之情了。闪闪发光的礼品，直来直去的表白……那个羞涩的时代一去不复返。人类已经前所未有地进步了，敢于直白自己的内心；人类也前所未有地迷失了，在物质的世界中随波逐流。也许，这一切并不仅仅是块手帕的问题。

今天，当我在笔记本电脑上写下这些文字，脑海中再次浮现出那些用手帕做成的布娃娃。我相信我能扮演好命运交给自己的角色。因为，我和布娃娃曾经排练过很久，我们有无数瑰丽的剧本。我还相信，手帕里的风景并没有消逝，它们将在人生的道路上缓缓出现。

童年二三事

在我出生的时候，全家人都沉浸在幸福之中。我生下来有八斤六两，这对迷恋香火继承的爷爷奶奶来言，是一件值得骄傲的事情。尽管在我之前，爷爷的大儿子，也就是我的伯父，已经有了两个儿子。在我们的家族中，爷爷一辈有八个兄弟，爸爸一辈扩充到了十八个兄弟，而到了我这一辈，已经发展到二十四个兄弟。毫无疑问，这里的兄弟仅限于家族中的男性了，假如算上要嫁出门的女性，那人数就太多了。爷爷一生大部分时间在陕甘两省做丝绸和布匹生意。他常常教诲我们："我们陈家有几百人，四世同堂，你们要好好读书，将来光宗耀祖。"在那个幼小的年纪，我并不知道光宗耀祖是怎么一回事。我之所以耐心十足地听爷爷的教诲，主要是因为他讲完这些话就会让我们每人喝一口刚刚熬好的茶。

大约在我一岁到两岁之间，母亲每次下地劳动时，都会取出一根结实的布带子，一端绑在窗棂上，绾成死结；另一端绑在我的腰间，绾成死结。这根绳子就是我童年的保姆。母亲常常对我们兄妹俩讲起这件往事，讲着讲着就会泪流满面。母亲说，这根绳子能绑我，是因为我不哭不闹，总是一个人独自坐在窗前玩耍。而到妹妹时就不行了。妹妹猴精猴精，绳子刚一拿到眼前，她就能判断出这是用来绑她的，于是就会哭得天翻地覆、死去活来。在我两岁时的一天，母亲下工回来刚一推开房门就尖叫起来——她看见我正独自坐在窗前，手里攥着一条死去的小蛇，蛇的脑袋已经被我啃碎了。

有一次，母亲让我跟着小姨去看望外公外婆。她特意买了一包油糕让我拎在手里。于是我就和小姨出发了。油糕是一种用面粉包着红糖油炸出来的甜点，味道极美。对那个年代的我来说，油糕的诱惑力实在是太大了。后来当我从书中看到"糖衣炮弹"这个词时，脑子里一下子就想到了油糕。当时小姨还是一个十五六岁的小姑娘。她牵着我的手，边走边给我讲故事。我低着头，目不斜视地盯着手中的油糕。走到半路上，小姨松开了我的手，她蹦蹦跳跳地爬上路边的土坎追赶一只蝴蝶去了。我感觉自己终于获得了自由，终于可以喘口气了。我一屁股坐到了草丛中，右手神差鬼使地伸向了左手。小姨一连几次从土坎上跳下来，又一连几次爬了上去。我也一连几次将右手伸向左手……就这样，到外公家的时候，油糕只剩下一个了。舅舅们举着被我抠出一个大洞的油糕袋子尖叫起来。叫着叫着，他们就把我围在了中间。他们边喊边笑，边笑边喊："油糕呢？油糕呢？老实交代！"我羞愧地低下了头，打着饱嗝眼泪汪汪地走到外公跟前说："外公，油糕被我吃了，你把我杀了吧。"外公没有杀我。他把我抱在怀里，点起一袋烟放到我的嘴边，说："贼娃子，抽两口再杀你！"

我在慢慢长大，母亲却开始为我伤心了。因为我总是数不清双手有几根手指。好几岁了还不能数清手指，这是一件令父母伤心欲绝的事情。好事不出门，坏事千里行。我不能数清手指的消息不胫而走，在小村子里成为一条新闻。一位邻街女人，生了一个弱智男孩。那孩子比我小一岁，但一直不会走路。于是那女人便常常抱着孩子来到我家，每次一只脚刚刚踏进我们家的大门，她便开始喊上了："嫂子啊，咱俩的命好苦啊，一人摘了一个没熟的瓜！"我那时候听不懂她喊叫的内容，更不明白她说的没熟的西瓜在哪里。我跑到厨房搜查了一遍，没有发现西瓜的踪影。我就跑过去问母亲："妈妈，西瓜在哪里？"那个女人听后哈哈大笑起来，嘴巴像机关枪似地射出一串话："瓜娃，没熟的瓜就在这里啊。"她的唾沫星子溅到我的鼻子上，她的手温柔地抚摸着我的脑袋。我总算听明白了她的话。她在当着母亲的面嘲笑我是个傻子。我一声不响地走开了。我在母亲的抽屉里找出一堆图钉，那是母亲在墙上钉风景画时剩下的。我选出其中最大的一枚，然后再次来到她们身边。那个女人起身去看母亲的刺绣时，我飞快地将这枚图钉放在了她刚刚坐过的板凳上。我惊奇地发现，那板凳还带着她屁股上的温度呢。图钉自然是钉尖朝上了。然后我若无其事地走出了家门。在我钻进家门口的小树林时，我听到那个女人发出一声恐怖的惨叫。

两年前，我回家探亲，听到邻居的小媳妇正在教育孩子。她骂一声"废物"就拧一下孩子的耳朵，孩子不停地发出"啊啊"的求饶声。她冲着孩子喊："我不信你考不及格，你海强叔上完小学还数不清手指头呢，你看人家后来成了写文章的秀才，不但考上了重点大学，还穿上了军装……"我在自家院子里坐着、听着、笑着，最后肚子都疼了起来。全家人一起笑了。外婆在去世前的那年对我说："你小时候整天玩布娃娃，上高中二年级时房子里还有五十个自己做的布娃娃，你外公逢人就说你是块演皮影戏的料，人家都劝你外公，说'别把猫当老虎'了……"有一天，我陪着母亲散步，一个小男孩一直跟在我们的后面。我觉得这孩子长得很像我的一个儿时伙伴，就问他："你是×××的儿子吗？"他捣蒜似地点了点头，然后怯生生地问我："听说你大学毕业时，终于数清了两只手有几根指头，是真的吗？"我听后想了想，最后也以同样的方式，捣蒜似地点了点头。

写给妹妹

　　我总是觉得恍惚，惊诧时间是如此诡异，仿佛一面透镜挡在眼前，世界顿时缥缈起来。我还能想起你学步的样子，摇摇摆摆俨然一株风中的小树。那时你粉嘟嘟的小嘴已学会基本的语言，不断地向人们示威和抗议。于是我常常牵着你的小手行走，不能太快，快了你会哭骂；不能太慢，慢了你也会哭骂。有时我会失去耐心，掐你的耳朵，或是捉一只甲壳虫恐吓你，或是躲进草丛爬上小树，惹得你哇哇大哭。这时母亲就会及时出现，将你抱在怀里哄着爱着抚着，说你哥哥太坏就知道惹宝贝生气，看妈妈怎么收拾他！说着就朝我做出扑打的动作，扑打得我身后的小凳啪啪作响。于是你不哭了，却用手指我的耳朵，母亲便拧一下我的耳朵，你终于满意地笑了。

　　弹指间你已大学毕业，成为一名中学教师，开始了教书育人的事业。而与你打打闹闹走过童年岁月的我，也参加工作六个年头了。可我还是想起童年的时光，想起童年的你，想起你笑时哭时露出桀骜不驯的小虎牙……这一切，仿佛就发生在昨天。童年的记忆在我的心头萦绕，我相

107

信它们也萦绕在你的心头。今天，我们再也回不到那段美好的时光中去了。我已到而立之年，却处在半立半蹲的状态。因此我只能替二十三岁的你高兴了，毕竟你有一份安定的工作，有着无数属于青春的可能。我从小热爱读书和写作，这么多年越陷越深，想回头已无可能。就像一个人热爱田野，情不自禁播下一把种子，变成了真正的农夫。我已在灵魂的田野上播下文学的种子，我只能写作了。但对你而言，人生还存在着许多美好的可能，还有许多条道路等待着你轻快的步履。我相信你的人生之路如同一根美丽的丝带，一端连着精彩，一端连着幸福。

你还记得吗？你读小学时用橡皮擦将我"三好标兵"奖状上的名字擦去，歪歪扭扭地改成你的名字。舅舅来家里做客，凑在跟前看了半天说："小学生咋就评上了中学里的三好标兵呢？"你顿时羞得藏了起来。全家人哈哈大笑，不料这却激发了你的学习热情。从那以后，你每学期都能捧回自己的奖状。那年你读初三，代表学校参加全县的竞赛，别的学生只参加一门课程，学校却安排你参加五门课程的竞赛。我惊讶学校领导做出如此的安排。结果你五门课程全部取得优异成绩。听到消息后，我是多么吃惊多么高兴啊。

我们的家庭不富裕，父母省吃俭用攒下的一点钱，被我们交给一座又一座校园。我们也没有辜负父母的期望，顺利读完大学后奉献于社会。我读大学时，父亲曾到西安看过我一次。他坐单位的顺路车，来到学校后直接到我们宿舍，检查我的被褥是否暖和，停留不到半小时便又急着走，把一个沉甸甸的包留给了我。在校门口，看着父亲转身上车的背影，我突然意识到这几年他连件新衣服都没买过。他一年四季穿着工作服，那件蓝色制服把父亲从人群中醒目地区分出来。我的泪水流了下来。回到宿舍，打开父亲带来的包，我看到里面有一套崭新的保暖内衣，还有母亲做的辣椒酱和家乡的苹果等。我的泪水再次流下来。有一次，我们谈到朱自清的散文《背影》。我没有过多谈自己的看法。我想，在人生的道路上，有些作品是需要流过泪之后才能读懂的。有人说，只有告别昨天才能走向明天。但我觉得昨天不能丢，纵使它坚硬似铁、冰冷似铁。在我们的生命中，昨天是一份沉甸甸的礼物，它让我们饱尝辛酸、百感交集，却激励着我们在人生的道路上一步一个脚印地走下去。

你不会忘记我们在故乡度过的那些中秋节吧。每逢中秋之夜，母亲都要给月亮献贡品。在我大学毕业前的那个中秋节，全家只有一块像样的大月饼。献月之后，母亲将月饼切成四等份，一人一小块。我们一边吃一边抬头张望夜空的月亮。一轮满月把无边无际的黑暗变成了背景，仿佛某种寂寥和落寞正随着如水的月光倾泻而下。我想，以后的中秋节再不会只有一块月饼了。我奔赴桂林前对你说："要坚信我们不是为了做庸人才来到这个世界！"一年后，你顺利考入大学。你考上大学时我正在湘江边上操枪弄炮。父亲像当初送我一样，把你送进了大学校园。那年冬天，我在象头山的军营中看到新闻里报道陕西遭遇大雪，于是给你打电话。你在电话里说："我穿着你那件黑色的羽绒服呢。"我在电话里听到你们宿舍的孩子们笑起来。我脸红了。那件羽绒服是我上大学时穿的。我穿着它度过了两个冬天。也许，当你穿上这件羽绒服时同样感觉到了温暖，但我的心却变得寒冷而痛楚。我想，正是这一切让我们的生命变得厚实起来。

我们都曾热爱写作。我还热爱着时你却放弃了。我支持你的放弃。你能够按照自己的期望向前走，说明你已经长大了。我们都喜欢读书，便有人嘲笑我们是书呆子。我常常想，在这个世界上书籍对人类而言究竟意味着什么？读书是为了让一个人获取精神上子虚乌有的优越感，还是为了让人的心胸越来越开阔进而走出人生的烦恼？世上的书越读越多，学问越做越广，但人类精神的痛苦也在与日俱增。几千年的文明史绵延至今，读书依然是许多人改变命运的途径，这究竟是历史的必然还是人类的作茧自缚？

我想，我们所有的努力都是为了拥有一个有意义的人生。包括写在这里的短文，也是为了让我们能够在这个步履匆匆的时代坐下来，安静地回忆我们的童年，体会幸福是如何出现并融入我们的生命。卢梭说：人越接近自己，就越幸福。也许，我们生来就是一个摆渡者，在生命的河流中不知疲倦地朝着彼岸划去。彼岸何在？我想答案已经水落石出——彼岸的名字叫幸福。

外婆的名字

　　一九二九年秋天，五岁的外婆拽着父母的衣襟踏上了逃荒之路。他们沿着关中西部一片山地奔走，希望能遇到殷实的人家施舍粥饭。然而一连几天，一家三口都是饿着肚子，不断被饿死的穷人绊倒在路上。走到一处悬崖边上，外婆的父亲说："带着娃儿走路太慢，到不了平川全家都得饿死！"那时的女孩子是如草芥一样的。父亲决定将女儿推下悬崖。幼小的外婆紧紧抱住了母亲的腿。父亲拽破了她的衣服，却没能掰开她的手指。全家人便在悬崖边上抱头痛哭，哭毕再次朝着平川走去。据陕西凤翔县志记载：民国十七年（一九二八）至二十二年（一九三三）连续六年大旱，饿殍载道。民国十八年（一九二九）秋收不足二三成。八九月间仍不雨，秋播失时，民死近半。凤翔原二十万零三千四百八十五人，死亡九万五千三百一十四人，灾民八万四千八百一十九人，出逃一万零二百五十一人……在这段恐怖的岁月中，外婆幸运地穿越了死亡的阴霾。

　　三年前的春节，在度过了八十二个寒暑春秋之后，外婆拖着疲惫的身子走向了另一个世界。直到今天，我也不知道外婆的名字。我只知道外婆姓宋。外婆走后，我在她的灵柩前痛哭失声。我在那天的日记中写道：世界上最疼我的长者去了。

外婆是在正月初五的早晨去世的。正月初三，我还给外婆点了一支烟，她笑眯眯地吸着，一眼一眼看着我。当时亲人们都围在她身边，外婆被一种儿孙满堂的幸福萦绕着。然而仅隔一天，外婆就走了。正月初五，听到外婆去世的消息后我慌忙赶过去。母亲把盖在外婆脸上的纸拿开，让我再看一眼外婆的遗容。还是那张熟悉的面孔——紧闭的眼睛，抿着的嘴巴，好像睡着的样子。我扑通跪倒在地，泪水夺眶而出。我想起初三下午外婆拉着我的手送我的情景。她把我的手攥得紧紧的，不停地念叨："赶紧结婚，外婆死前一定要把你的席坐了。"这句话外婆念叨了好几年，都成了她的心病，但她最终没能等到我结婚就去了。这是我一生的遗憾！子欲养而亲不待。那一刻，我终于明白这句话包含着怎样的疼痛。

亲戚们都说外婆走得突然，但我觉得她是有预感的。去世前的除夕之夜，她给全家人絮絮叨叨讲述一生经历过的苦难，要大家记住生活的艰辛。外婆生前经常教导儿女们："人活在世上要多做善事、广结善缘，遇到讨饭的穷人，或多或少给个施舍，不要白打发；就算给人借个针，也要帮着引个线……"外婆的善良成为滋润儿女后辈心灵的一缕清泉。外婆一生心胸开阔、通情达理，在街坊邻里间口碑极好。这种真诚善良、质朴厚道，不仅是外婆对儿女的要求，也是她一生为人的写照。外婆一生育有三子和四女，全部生在农村、长在乡下。由于外公过早离世，外婆带领已成年和未成年的儿女们挑起生活重担，完成了儿子娶妻、女儿出嫁的家庭使命，这当中经历的艰辛已非言语所能道尽。当儿女们全都成家立业、生活好转后，外婆依然事事操心，给儿女们轮流带孩子，坚持干家务活，每逢到庙里上香，必要为子孙后代祈求吉祥……

那年夏天，还在高中读书的我得到一笔不足百元的稿费，我给外婆买了些东西带回家，外婆看着我啧啧惊叹。握着我的手说："我娃写文章挣钱像拾牛粪一样容易啊！"妹妹便拉了外婆到我的小书桌前，指着水泥地上凳子和脚磨出的一片坑洼让外婆看。外婆蹲在地上，瞅了好长时间，然后伸出手一点一点在地上摸过去。起身后，又抓住我的右手端详和摩挲，摸到手指上钢笔磨出的茧子，竟然红了眼圈，小孩一样瘪嘴哭起来："我娃学这手艺原来罪大着哩！"我们全被外婆逗笑了。今天，当我写下这段文字，却是再也笑不出来。我的眼圈红了。这个世界上，再也不会有人拉着我的手说"我娃学这手艺原来罪大着"的话了。

在外婆的葬礼上，我致悼词时说："一人辞世，四代同悲。外婆大人生于一九二五年十一月二十日，在那个兵荒马乱、动荡不安的年代，她自幼饱尝生活的艰辛，历经万般磨难，养成了勤劳、善良、正直、大度的人生风尚。在外婆大人八十二载的高寿中，她亲身见证了新旧社会的交替，经历了特殊历史背景下的底层生活……"姨夫后来对我说："一个农村老太婆跟历史有啥关系？"也许他是对的。但在我心中，外婆不仅跟历史有关系，而且与那些引领时势的豪杰一样，可以用伟大来形容。

魂归天上风云暗，名留人间草木香。外婆没有给我们留下她的名字，但我觉得她值得起大书大写，并将永远驻留在我的怀念中。

我是一块远行的泥土

一

国庆假期我回到了故乡，恰好赶上秋收的农忙季节。我们家种植着两亩六分地的辣椒田和六分地的玉米。一连几天，我都和母亲下地劳动。十几年过后，我再次重返了田野。

当我躬身劳作的时候，我的脚踩着柔软的泥土，脸上挂满了汗水。几位乡亲站在地头喊："你吃皇粮的人了还干这农民的活啊！""作家挣钱就像在路上拾牛粪一样，还有时间在土里刨食……"我忙走过去，递上烟卷，帮他们一一点上。大家吸着烟蹲在地垄上开始讲述，说谁谁家的儿子在中央权力机关干事业，每次回来地方领导都要来拜访；谁谁家的儿子在上海工作，把父母接到了城市，家里的地已经租给人种了；谁谁家的儿子只有小学文化，但从北京把轿车开回了家，而且娶了城市的漂亮姑娘……听了这些话，我不觉汗颜。

我说："就算走到天尽头咱也是个农民啊！"

几天后我写下了组诗《西秦的秋天》。其中有这样一首：

> 夜晚的劳作始于遥远的古代 / 直到今天我们还在默默坚持 / 月色美好，这样的夜晚 / 我们的亲人也是美好的 / 不过她们都已经累了 / 但她们坚信劳作能换来幸福 / 她们结茧的双手在辣椒堆里摸索 / 似乎一条道路就隐藏其中 / 只要踏上去就能穿越贫困 / 走向青枝绿叶的未来 / 今夜我不写作了也不读书 / 我忘记了千里之外的工作 / 今夜我仅仅是个农民 / 今夜我也依然是军人 / 当潮湿的夜气弥漫开来 / 我相信今夜的劳作 / 将让我把生活彻底看清 / 我们生来是劳动者 / 无论走遍天涯海角 / 都将依靠劳动生存 / 哪怕是穿越更漫长的夜晚 / 哪怕是岁月的寒气逼近心头 / 我们都将坚持劳动 / 直到生命走向终点 / 直到灵魂获取安宁（《夜晚的劳作》）

是的，我何尝不希望自己的亲人能摆脱泥土上沉重的苦难，但我并没有这个能力，就算有朝一日我有能力将父母接到城市过几天清闲的日子，我想父母也会不习惯的。他们一生都在劳碌，已经离不开土地了。

事实上，不仅仅是父母离不开土地，就是我，也不可能割舍对于泥土的情怀。

作为农民就是要种地的。我的母亲从生下来就是农民，她在田野上操劳至今。父亲曾在城市里工作，但退休后回到故乡，也重新成了农民。当我和妹妹先后考上大学离开家乡的时候，我曾暗下决心：我们要在城市里站稳脚跟！我们要让父母到城市里享福！我们要让这个贫穷的家门庭生辉……

可是，当我们走出大学校园参加工作之后，却在现实的磨砺中看清了自己的渺小。我们非但没有在城市里站稳脚跟，而且一路都是跌跌撞撞。我先后在部队干过排长、助理员、干事等工作，但我脾气耿直，处事也不练达和圆滑，因此最终也只是做着干事的行当。参加工作六个年头了，生活依然是十分窘迫，在北京这样的大都市里只能勉强解决温饱问题。由于单位住房紧张，自己又是年轻人，资历极低，只好住在一栋十余年不曾住人的礼堂内。礼堂是二十世纪五十年代落成的建筑，周围长着参天巨木，一到晚上就有猫头鹰栖落在上面打嗝似地鸣叫。在这样的境况中，我自己也是勉强度日，更遑论接父母到城市里来生活。

妹妹大学毕业后正赶上全国范围的择业困难期，最终只能参加老家的全县教师招考，取得优异成绩后被安排在乡村中学教书。休假时我去了妹妹教书的学校，校舍清一色几十年前的瓦房，屋檐上锈满青苔和野草。教师上课还是一支粉笔在黑板上写到底，多媒体之类的教学设备在这里闻所未闻。操场是一片开阔的空地，孩子们穿着布鞋在泥地上争夺篮球，篮球却是漏气的，在木板钉成的篮筐上发出扑扑的碰撞声。妹妹的宿舍只有六七个平方米大小，一张小床和桌子就占去屋子一半以上的空间。桌子上整整齐齐堆积着小山般的作业簿。我问妹妹："这么多作业每天能批改完吗？"妹妹说："可以。"她和我一样，是不怕吃苦的。我说："胸中一定要有静气。苦尽甘来，一切都会好起来。"

从妹妹的学校出来，我心头揣着石头般沉重。想到自己入伍后一直没有写作的环境和条件，曾在冬夜躲入连队厕所的长明灯下读书，也曾坐在荒山野岭间捡拾废弃的烟盒写作，悲哀于世间有那么多好的机遇和平台，为什么就不能分一点点出来给我们兄妹？最让我寒心的是妹妹工作快一年了，竟然领不到一分钱工资。一打听，才知道全县范围内刚刚参加工作的年轻教师都被扣掉了第一年工资。

我就竭力劝妹妹考研，给她打听消息，给她学习和生活的一切费用。我也知道考研的前景是黯淡的，读了研也不见得就能找到好工作。因此全家人除了我，没有人支持妹妹考研。父母都认为妹妹已经二十五岁了，就算考上研，待读出来已快三十岁，女孩子错过安排终身大事的年龄就麻烦了。吃饭时我便和父亲争吵起来。父亲愤怒地骂道："你若有本事就去给找个更好的工作！"我是没有本事的。妹妹毕业时我找遍了所有认识的朋友，却没有联系到一份合适的工作。父亲的责骂刺痛了我的心，我扔掉手中的筷子扬长而去。我为自己的无能而泪流满面。

二

让我欣慰的是，这些年家里的生活有了较大改善。建了新房子，安装了太阳能和闭路电视，整修了供水和排水管道。父亲退休后被一家私人企业聘用，每月能赚回一千五百元补贴家用。家里建的新房子前，特意留出一小块泥土，母亲原打算在里面种花草，但下种子的时候却忍不住撒上青菜、芫荽、小葱之类。水仙花、鸡冠花仅仅有几株，完全成了蔬菜的点缀。母亲就笑着说："农民没种啥都就种成了地。"我深深喜爱这块小菜地，特意用数码相机拍了照片带回北京。

家里的经济压力消除后，我也少了许多顾虑和担忧，便安心在部队打拼，先后调动了数次工作，辗转广西、湖南、广东，最终在北京稳定下来。每到一处，我都为单位拿到了上级表彰的新闻宣传先进单位称号，自己也是年年被上级机关评为先进个人，还曾因工作成绩突出荣立了三等功。虽然往前走的路上依然挫折不断，但我对自己的未来和家庭的发展充满信心。

从去年开始，我就以"经济境况好转、母亲身体不好"等理由建议家里不要再种地或者少种地。我希望父母能够享享清福。但母亲却反对我的建议，说："农民咋能不种地哩？"父亲更是不屑地对我手一扬："你再莫胡说八道！"我知道是执拗不过他们了。于是当我休假回家后，就立即陪母亲到田野里躬身劳作。

我们家的辣椒田长势很好。从我记事起，我们家的田地从来都是葱葱茏茏。这是母亲勤劳耕耘的结果。记得有一年生产队重新分配土地，凡是抓阄拿到我们家田地的人都是高兴地夸说自己手气好，大家都知道我们家的田地向来深耕细作，肥施得极厚，是难得的好地。眼前的辣椒田已被母亲耕作了十个年头。十年前我们家分到了这块地，那时这块靠着麦场畔的地坑坑洼洼，一到灌溉时就常常半边地宛如泽国了，半边地却一滴水也流不进去。经过我们家几年的整饬和耕耘，这块地终于坦荡如砥，产量也逐年上升至喜人的程度。这些年故乡以种植辣椒而出了名，母亲在去年下了决心，一下子种了两亩多地的辣椒。现在，辣椒如细碎的火苗洒满汪洋一般的绿色。母亲站在辣椒田里，不慌不忙地摘着辣椒。我也拎了一个编织袋，站在母亲身边忙活起来。红红的辣椒长得让人心疼的可爱，辣椒把儿脆生生的，轻轻一拉便能听到咔嚓的声音。我甩手一丢，依然能准确地投入编织袋，就笑着对母亲说："我是个合格的农民哩！"

天气还在半死不活地阴郁着，连绵的阴雨是刚刚止住的。站在地里，脚下的泥土还有些泥泞。田野上站满了摘辣椒的乡亲们。静谧的黄昏，躬身劳作的背影，偶尔有人吼一段慌腔跑调的秦腔，流光溢彩的夕照之下，故乡恍如世外桃源。这些年西秦有了长足发展，物产丰饶，人多才俊，乡亲们的日子正一步步过得好起来。然而，故乡人依然是秉承了先人们憨厚、率直和仁义的性情，看重感情，讲究言必信、行必果，鄙视狡猾使诈之类的小人勾当。这样的民风让我引以为豪，但或许这也是故乡人在今天的经济社会中始终不能先富起来的原因。

我和母亲在辣椒田里劳作了一天后，妹妹也利用假期赶了回来。虽然父亲还要每天去附近的企业里上班，但我们的人手毕竟充实了起来。于是一家人在田野上摘辣椒，母亲便说："我领着大学生下地劳动，也算得上是领着有知识的军队了。"我们便快活地笑起来，干活的速度明显加快。一个中午，我们就摘下了整整六编织袋的辣椒。下午到地里后，天气却开始变热，没干多长时间大家便累了。妹妹就责怪母亲，嫌她一下子种这么多辣椒，把全家人害得不能安宁。母亲便说："你们回去休息，我一个人慢慢摘。"我们是不会干出这种事情的。其实这次休假我原计划要为《雍州野人传》搜集素材，特意托人借来一部《凤翔县志》。但在如此繁忙的秋收季节，我是不会把母亲丢在田地里，而一个人待在家里写作的。全家人在田野上一起干活的时间毕竟是越来越少了。我站起来，活动一下僵硬的肢体，突发奇想要讲讲故乡的先秦历史。我说："今天我讲一堂课，就像百家讲坛那样，但我用咱们家乡的方言讲，秦地的历史只有用秦人的语言才能讲出味道，所以我一定能比那些教授们讲得好。"全家人听了我的话都咯咯笑起来。我就讲开了，题目是"秦穆公在凤翔"。于是大家一边干活一边听我讲秦穆公的故事，田野上的沉闷突然间消失得无影无踪。

这个下午，我在田野上尽情地讲述了一堂先秦历史的文化课。从秦人的祖先如何发迹讲起，重点讲了秦诸侯国以雍地为都的这段历史。秦穆公是秦立国后第九代君王，以雍地为都，也就是我的故乡，今天的陕西省凤翔县。一次，雍地郊野的村民捕食了秦穆公的骏马被拿获，人们都以为这几百村民必死无疑。但秦穆公非但没有惩罚他们，反而赐美酒帮他们解马肉之毒。后来，秦晋交战，穆公受伤，危在旦夕。这时一支三百人的队伍斜刺里拼死杀来，不仅救起了穆公，且一鼓作气俘虏了晋国国君，逆转了战局。事后才知道，这三百人正是当年捕食了穆公骏马的村民。我便说："穆公不仅有着王者的威严和仪表，更重要的是他拥有一颗真正的王者之心。他，只能是一个王，令人尊敬和仰视的王。"接着我又讲了秦穆公的另一件事情——泛舟之役。依然是秦晋交恶，相互斗争，但晋国却闹起了饥荒。向秦国借粮食，大臣们都说不能借，这不是拿着包子喂恶狗吗？这时穆公却是爽朗一笑，痛快地答应了下来。秦穆公对群臣说："他们的国君可恶，但人民何辜之有？"于是，下令从水路以万千条船运送粮食到晋地。这就是历史上著名的泛舟之役。后来有人问孔子，秦国只是个偏僻的弹丸之地，为何能成就周王称贺、诸侯归心的霸业。孔子就说："秦国靠的是仁义啊。"讲到这里，我却在内心感慨，秦人尚在，但是穆公已死，那个属于王者的时代已经一去不复返！

我就这样讲述着那些尘封的历史，落日的斜晖映照着我们的脸庞，田野上回荡着我的讲述声，全家人都沉浸在虚无缥缈的历史烟云中。

傍晚时分，地气开始弥漫上来，日头跌落到地平线上。我的讲演也到了尾声。妹妹还在不停地追问："那么秦献公呢？你不是讲到了秦献公吗？"我说："秦献公干的最著名的事情，就是把秦国的都城从我们老家迁走了。"这时一直没有说话的母亲终于开腔："好端端的迁了干啥？该人把都城迁哪去了？"我们都被母亲的问话逗笑了。我便说："秦献公将都城迁到今天的临潼地区去了。秦国要开拓疆土，必须将都城迁出西秦向东发展。"大家听了就有些怅然若失，纷纷说笑着朝地头走去。

三

在地里干活时，母亲也讲述了自己的童年故事。不满十岁时，外公外婆都出远门去了，母亲和她姐姐在家里看门。结果外公买回家的小猪那天竟然跑掉了。那个年代一头小猪算得穷人家的重要财产，姐妹俩吓得面如土色。姨妈便坐在家门口哇哇大哭，担心外公回家后打自己，边哭边对妹妹说："爹回来肯定要打死我们的！"我的母亲就是妹妹。虽然不满十岁，但她却没有哭。她对姐姐说："要把小猪找回来！"于是姐妹俩分头去找。从村头到田野，从一条街到另一条街。整整一个下午，没有发现小猪的半点踪影。眼看着天黑了下来，小猪却没有找到。那天夜里，姐妹俩躺在土炕上睡不着了。姨妈依然在哭，母亲却在思索着小猪的去向，她担心明天清早小猪被人带到集市上卖掉，那就再也没有办法找回了。天麻麻亮，母亲就独自起床赶往村口的几户人家寻找。结果发现一户人家的男人正在吃饭，好像要出门的样子。母亲立即走过去问有没有看见一头小猪。那家的女人慌忙摆着手说没有看见过快走快走。母亲猛地冲进那家人的院子，直奔他们的猪圈，结果就看到了已经被捆绑好的小猪。原来这家人正准备带着小猪去集市上卖掉呢。母亲抱住小猪和那家人争夺，硬是将小猪抢了回来！外公回家后就表扬了母亲，说女儿真该生为男儿身。

母亲又讲了她们吃大锅饭时的事情。那时母亲还是个刚懂事的孩子，每次一到开饭时间总是兴冲冲端起瓷钵儿往食堂挤，结果有一次就跌倒在路上，瓷钵儿摔碎了。外公大怒，"啪"地在女儿的屁股上打了一巴掌。这一巴掌却是打重了，母亲的屁股上顿时就渗出一道鲜红的手印，疼得哇哇大哭，外婆也哭着抱怨外公把孩子打重了。母亲说："这是你外公唯一一次打我！我到现在都记着哩。"结果在我小时候，也曾因为淘气被父亲在屁股上打了一巴掌，也是渗出了鲜红的手印。母亲心疼儿子，又想起外公打自己的事情，就哭得厉害，骂父亲禽兽不如。从那以后，父亲再不敢碰我一指头。我竟然因此得了尚方宝剑，常常拍着屁股对父亲叫嚣："有本事打我啊，我妈不骂死你才怪哩！"

四

在家乡待了不足十天，我感触最深的是农民的生活水平虽然有了提高，但就其生存境况而言，却在整体上向着贫富分化的下端迅速跌落。农民依然占据着中国人口的大多数，依然是全中国生活压力最沉重、生活质量最糟糕的阶层。他们忠实于泥土上的农业文明，却在一年年的辛勤劳作中不断滑向贫困的泥淖。即使是年年丰收，即使是精耕细作，也无法依靠土地获得发展。于是，他们只能在种地的过程中一茬茬涌向城市，在庞大的民工潮中留下汗涔涔的背影。

这些年，辣椒成为故乡十分重要的经济作物。但真正发财的却是来自全国各地的收购商。他们带着巨款到西秦的村落里安营扎寨，大量收购新鲜辣椒。乡亲们白天在田野上劳作，将辣椒一袋袋地摘下来。到了晚上又通宵达旦按照收购商的要求择把儿。一直干到深夜，夜静得像死了一样，村庄里隐隐能听到咔嚓咔嚓的剪刀声。这是乡亲们在剪辣椒把儿！

母亲每天凌晨四点多就起床了，将择掉把儿的辣椒一袋袋装上架子车，独自一人拉着去公路边交售。刚回家的几天我没有注意到母亲起那么早去交售辣椒。后来在我起床洗漱时，看到母亲拉着空荡荡的架子车回到家中，这才知道她竟然已经卖掉了前一个晚上择出来的辣椒。待到下一个凌晨，我便坚持要和母亲一起去。母亲身体不好，有轻度动脉硬化，视力也受了影响，一只眼睛看东西总是模模糊糊，摸黑走这么长的路难免磕磕绊绊，让人担心。我拉着架子车，母亲在后面推着，我们沿着黑暗的村落向收购站走去。这个时节故乡的秋天已是十分萧瑟了，路边的田野里玉米叶子在风中唰唰抖动着。

在组诗《西秦的秋天》中，我写了去辣椒收购站的事情：

还不到凌晨五点钟 / 村庄里连鸡叫的声音 / 都听不到，我们动身了 / 架子车装得满满的 / 八个编织袋 / 用一条结实的麻绳绑着 / 辣椒，全是辣椒 / 我的母亲种植的辣椒 / 我们按照收购商的要求 / 一个一个择掉把儿的辣椒 / 装满了八个编织袋 / 这是我们全家人在昨晚 / 劳动到子夜之后的成果 / 现在，我们拉着架子车 / 我拉着，母亲推着 / 朝着几里地外的收购站 / 沿黑暗的村路走着 / 我们的前面和后面 / 不时传来咳嗽声 / 跌跌撞撞的脚步声／模糊不清的吐痰声／这些人都是我的乡亲／他们也拉着沉重的架子车／他们和我们一样／在黑暗的村路上走着／我们一起来到了收购站／我们挤出架子车的长龙／黎明前的收购站／乡亲们还带着睡梦中的喜悦／说谁谁的架子车今天逮住龙头位置了／这时收购站的老板不知去向／我们静静地等待着／启明星下的大地升起鱼肚白／我们说说笑笑，或者一言不发／我们就这么在冷风中等待着／我发现这一刻，没有任何人／把目光投向收购站的大门／我发现这一刻，没有任何人／关心收购站的门何时打开（《黎明前的辣椒收购站》）

在我的竭力劝说下，父母同意了暂停种植辣椒。回到北京后，我给家里打电话，父亲说："麦子已经种上了，没有留辣椒田。"我听后顿时感到轻松了许多。种植辣椒且不说高昂的成本，就光是搭进去的人力，让人略一计算就感到心寒。要培育辣椒苗，要留好辣椒田的地垄，要雇人栽种，要隔三岔五地浇灌，要打药除虫，要采摘，要按照收购商的要求择把儿或是绑成串儿，最终还要拔掉辣椒杆儿，继续将杆儿上的辣椒摘尽，深翻僵硬的辣椒田……所有的工作加起来，足以累垮年轻的精壮劳力！但一亩辣椒田每年的收入则少得可怜。即使是丰收，也不过千余元。

在组诗《西秦的秋天》里，我也写下了这样一首诗：

当我们发现泥土上的付出／得不到合理的回报时／便喋喋不休地争吵起来／母亲默不作声／父亲也默不作声／他们像做错事情的孩子／我叹息着说／说过多少次了／我们再不种地了／我们要像城里人那样／在早晨锻炼，在白天工作／在黄昏散步，在夜晚娱乐／……可是，我说不下去了／我们的土地／年

年岁岁葱葱茏茏 / 我们的土地 / 在日渐荒芜的村庄里 / 始终营造着丰收的梦境 / 可是我们丰收过多少次 / 我们付出的汗水越多 / 贫穷的影子就拖得越长 / 我叹息着说 / 说过多少次了 / 我们必须看清泥土了 / 必须看清泥土上的命运 / 田野已经难以养活 / 一家人的吃饭和生存 / 年轻人都离开了村庄 / 只有老人和孩子 / 只有皲裂的根须 / 还在固守着西秦大地 / 我们再这样劳累下去 / 除了疲惫、伤病和痛苦 / 我们还能收获什么 /……可是，我说不下去了 / 说过多少次了 / 可是直到今天 / 我们依然脆弱和无助 / 善良的母亲，善良的父亲 / 我爱你们，爱你们的勤劳 / 我爱你们，也爱这片泥土 / 但我们怎样才能 / 穿越无边无际的贫困 / 我再也说不下去了（《我们喋喋不休地争吵起来》）

五

休假的几天，我听到了故乡发生的种种事。谁谁家的儿子将父母接到城市去生活，但老人去了不久便寂寞得生了病，死活要回来，回来后逢人便说受不了城市的冷漠，说在城市待在房子里像动物，出了门又要给满大街的汽车让路，空气难闻，吃食昂贵，日子过得全然有病。在我回到家的第三天，一个赌徒的儿子因为心理压力太大而精神失常，一把火点着了村里的土地庙，又把家里的面粉袋子拎到公路边往自己头上抛撒……也许，我们需要回到田野上。我们需要俯身在大地上劳作。只有田野才能治疗一切心灵的疾病。

假期是短暂的，我很快就要返回北京了。但田野上的农事还在延续，故乡依然有太多让我牵肠挂肚的事情。在返回北京的硬座列车上，我像学生时代那样，继续在夜色中奋笔疾书，而周围横七竖八躺卧着熟睡的人们。

在摇摇晃晃的 T42 次列车上，我写下了组诗《西秦的秋天》中的最后一个章节：

> 度过这短暂的假期／我就要返回北京／田野上的农事还在延续／我已经收拾好了行囊／我们的家建设好了／我们建设好了的家／住着衰老的父亲和母亲／他们今天依然要走向田野／他们今夜依然要择辣椒把儿／他们依然要在明天／赶在鸡叫之前上路／拉着沉重的架子车走进黑暗／他们要用收获季节的分分秒秒／挽回泥土上的亏损／他们相信，一年的努力／总不会一分钱不挣的／但我就要返回北京了／再不能帮着他们劳动／行囊塞得鼓鼓的／我的心却空空荡荡／母亲说：去了安心工作／就像我读中学时那样／她偷偷将一卷皱巴巴的钱／要塞进我的背包／但被我抓住了／我抓住了母亲的手／粗糙而温暖的手／我不知道说什么好／我掉转头，没再说什么／我就这么出发了／故乡再一次被甩在身后／而泥土上的一切／正在缓缓结束（《一切都在缓缓结束》）

在复杂的心情中，我再次回到了北京。我知道亲人们还无法彻底摆脱贫困，但我从内心祝福着故乡。我也相信，秦人的风骨在，故乡一定会越来越好。我还会回去，我永远都是西秦大地的儿子。我的根，在鸟巢一样粗糙的村庄。

命中注定，我只是一块远行的泥土。

月亮湖记

　　车子在腾格里沙漠边缘的戈壁滩上持续颠簸着。风呼啦啦地从耳畔卷过，起伏的沙丘如金色巨蛇向后掠去。有人问："我们这是去哪里啊？""月亮湖！"不知是谁的声音在回答。月亮是挂在天上的，是夜晚的美神，我们的祖先仰视过，我们依然在仰视。而湖是大地的含情之眼，向来令人怦然心动、浮想联翩。那么月亮湖是什么？是一弯弦月幻化为女子在大野中的水泊里沐浴？还是湖如弯月在寂然的沙漠中证明着造物的神奇？大家似乎都已相信，月亮湖三个字的背后潜藏着无穷的美好，所有人开始躁动不安，如雀聒噪起来。

　　路像一根好看的带子蜿蜒着飘入沙漠，又如一缕轻烟在天地间扭来扭去，倏忽消失了。于是我们全都下了车，环顾四周，果然已被沙漠重重包围，只有贺兰山的影子还在隐隐指示着方向。要去月亮湖，就得从这里换车。我们爬上一辆改装后的越野车，司机回过头来问："坐稳了吧？"我们抓紧了身边的栏杆和座椅。于是车子原地发动起来，轰隆隆响了半天，才小心翼翼地开出去。行不到几百米，就出现横七竖八躺卧

126

的沙丘，车子压低声音吼起来，然后往坡顶缓缓爬去。有人尖叫："再爬车就翻了！"一片嚷嚷声中，车子却一鼓作气爬到沙丘的顶端。众人一脸释然的表情，大口喘起气来。然而尚未回过神来，车子便一个猛子从沙丘上扎了下去。我抓紧身前的座椅，眼睁睁看着百余米深的沙丘底端。所有人不约而同张大嘴巴尖叫起来。与其说是车子往下滑，不如说是车子往下坠落。我们就这样胆战心惊地向着沙漠的怀抱坠落下去。

接下来翻越了多少座沙丘，无人能够记清。但大家都知道，我们正朝着沙漠的腹地挺进。当车子终于平稳下来时，一位女同事吧嗒吧嗒掉起了眼泪。抬头四顾，我们已被沙漠包围了。远远近近全是沙丘，看不出有什么区别。往身后看，贺兰山的影子也消失了，天空如一顶淡蓝色的帐篷笼罩在我们头顶。哪里是北？哪里是南？问谁谁摇头。有人担忧起来："可别迷路了！"有人掏出手机说："大不了打电话求救……"话音未落却又惨叫一声："手机没信号了！"大伙儿开始骚动不安，唯有司机不动声色。有人问司机："迷路了咋办？"司机挠挠头说："路在我心里。"大家将信将疑地看着这个敦实的当地人，不再追问了。

远远地，一片开阔地出现在我们的视野。车轮在柔软的沙子里扭来扭去地开着，车上的人恍如坐着八抬大轿，晃晃悠悠向着目的地靠过去。近了。近了。但湖却依然不见踪影。在一排木头栅栏前，车子嘎吱一声停下来，我们跳了下来，尚未站稳便有热情的蒙古族同胞捧着哈达迎上前来。现在，我们终于相信自己到达了目的地。

然而月亮呢？湖呢？我们热切地张望着，一座布满胡杨的沙丘就在这时闯入眼帘。曾经在书上读到过，胡杨是沙漠里的神树，生时千年不死，死后千年不倒，倒亦千年不腐。这多少是有些夸张的说法，但作为最古老的杨树树种，胡杨之所以受人敬畏，就在于它与生俱来的强大生命力。眼前的这些胡杨，却都是死去的。它们的确未曾腐烂，被人们搬运至此堆砌成墙，意在告诫后人：就算是荒凉死寂的地方，也曾有过繁花似锦的生命盛景；就算是繁花似锦的地方，也可能沦为荒凉死寂的所在。而在交替更迭的历史背后，人类对自然环境的保护意识却需要培养起来。

我的内心涌上一阵战栗——腾格里沙漠竟是连胡杨都无法存活的地方！

绕过这座沙丘，眼前豁然开朗，一道厚实的芦苇荡仿佛要把整个沙漠挡在自己身后。湖水依然没能看到，但大家似乎不再关心湖水的存在与否。在寂寥的大漠中奔波了大半天，能看到绿色的植物就已倍感幸福。于是大伙儿扑过去，呼喊、尖叫、奔跑……芦苇丛中扑棱棱地往外飞着五颜六色的鸟儿，也有长腿儿的水禽，但却没一只能叫出准确的名字。当众鸟飞上天空，笼罩腾格里沙漠的死亡气息瞬间被打碎了。这时抬头张望，天原来那么低矮，丝丝缕缕的白云漫不经心地游弋着。芦苇荡里隐藏着一条窄小的木板路，我们踏上木板路的同时也就隐藏在了芦苇荡。

现在我可以悄悄告诉你：亲爱的，我们从腾格里沙漠中消失了！与我们同时消失的还有时间和荒凉。

月亮湖突兀地出现在我的眼前。我还没有准备好迎接它的美丽，一瞬间似乎有些灵魂出窍。四周依然是远远近近的沙丘，可是舒展在眼前的，却是如镜的湖泊。风有一下没一下地吹着，水面宁静得如同睡梦中的处子。一叶小舟往湖心泊过去，我坐在船尾伸手在湖水中打捞，捞起一串清脆的水滴声。闭上眼睛想，这五六个平方公里的水面，让四万三千平方公里的腾格里沙漠全然成为陪衬！神奇的造物啊，竟把最美的风景留在了最深的寂寞中。

常听说"美丽的地方不富饶，富饶的地方不美丽"，然而我却觉得美丽的地方都是富饶的。因为这美丽，我们的灵魂才可以从纷纷扰扰的现实中抽身而出，重获安详和宁静，这样的财富可不是富饶二字所能比拟。

爬上湖畔一处沙丘，众人都在欢呼着照相留影。看着西天上那轮红色的落日，我取出背包中的矿泉水瓶，缓缓将一捧捧细沙装进去。同行的长者笑着说："你要把沙子带回北京啊？"我说："我要把月亮湖畔的腾格里沙漠带回去。"

元月六日再逢大雪有记

雪来之时是五日的深夜，我躺在床上，细抚自己的 E 调笛子。灯已经熄了，窗外一片细碎的落雪声。

这个冬天，湖南已经两度降雪。前一次很大，十几公分厚的雪，足足用一个上午来清扫。战士们堆了一个大雪人，雪停后渐渐化去。尚有一半的残雪未尽时，这场雪就又来了。

我想起小时侯在北京和陕西逢雪的情形了。北京冬天冷，下雪后地面常会出现冰凌。那时我们找来一块大木板，下面装上两根钢筋，就做成了一个雪橇。两手各握一根棍子，往地上一撑，雪橇就哧溜溜地滑走了。我和小伙伴们也常在北京信息工程学院的马路上穿皮鞋滑雪，先助跑几步，然后站稳身子，人就一路飞行着向前了。常常可以滑出十几米的距离，精彩而刺激。有一段下坡路，我们一群从坡头滑下去，感觉像是飞。技术高超的还常常附以各种动作，比如身体弯成虾状，前倾着蹲下来，手指含在口中打一个悠长的口哨。有好几次，我们都看到学院的教师下课回家经过这段路时滑倒，坐在坡面上大呼小叫地滑下去。印象最深的是有一个男人仰面躺在坡上，一边呼救命一边飞快地滑到了近二十米远的坡底。

后来转学回到了陕西关中西部的老家，遇见雪依旧像过年似的。那时村庄里几乎没有水泥路，我们也不再滑雪了。但乡村自有乡村的特点，关中西部的村落中没有人堆雪人，那年冬天我就带领几个伙伴在家门口堆起了一个雪人，找来一个破桶做雪人的帽子，迎来了街坊邻居们的大片欢笑声。这时又多了一项发展到极致的运动，就是打雪仗，那是真正的雪仗，常常以血仗而宣告结束。参战双方的孩子通常以居住的街区分开，雪球是事先就开始准备的，拍得结实而沉重，还有人在自己的雪球上浇上水，放在路边冻成雪砣的样子。开战之后，雪球乱飞，有的在空中相撞开花，有的砸在了对方的棉衣上，发出嘭的巨响。有的孩子胆大，抱了一个雪砣偷偷绕到对方的侧翼，然后冲入敌群，轰的一声砸在了对方最勇敢的人的头上。这时我们怀抱雪球，边冲边打，一口气就占领了对方的阵地。游戏中常有人的鼻子被雪球打得出血，不过一般不会有大碍，彼此间也不记仇，失手的人帮着捏一个雪团将血迹擦干净，回家的时候照样是好朋友。

那年好像是小学四年级。我的双手因为常打雪仗而患了关节炎，直到今天，逢天气变化手指就会隐隐作痛。这使我有了一个忠实的气象台，尽管同时也拥有了疾痛。现在看到湖南雪花纷飞，心头便不由自主涌起一股甜蜜的感觉，因为，我在回忆中又回到了童年。

站在宿舍的窗口，我能看见院子外的稻田消失在一片苍茫的大雪中。一只狗安详地立在一棵树下，它仰着头，树上是一只飞不动了的黑鸦。狗不紧不慢地摇着尾巴，像一个哲人。我端起桌上的茶，茶香扑鼻，泡得恰到好处。

逆光中的村落

我要拍摄一组关中西部风情的照片。在村落中游走了几日，也没有头绪。黄昏时我随母亲到村口的玉米田中干活，一抬头，就看见西天上红日下沉，白云如丝如缕，竟都向红日伸去，恍如一只巨大的彩色蜘蛛，迷死人了。

小时侯，这样的云和日是见惯的。长大后在西安上学，四年中没有一次看到天蓝的，西安城就像是一个大工厂，青气缭绕，阴郁不堪，因而心情也难得陡然的亢奋。有一次秋天回家，一下车竟被故乡的清气给弄感冒了。而西安与凤翔的距离，仅仅三百多公里啊。

在一道不断延伸的高压线上，太阳宛如一顶红色的帽子，缓缓地飘向了远方。我取出相机，在取景框中看到了红日西斜，白云如缕，高空中电线把天分割成优美的条形，几只鸟儿正向着绿色的大地俯冲……我按下快门，这是我在故乡的首次逆光拍摄。

逆光中，物体的边缘会镀上一层金色的亮边，而物体的中心则会变得模糊不清。逆光中的村落是美的，逆光中的村落拥有那些《诗经》中才有的馥郁的农垦情绪，而那些处于核心的苦难，却由于模糊而被我们忽视。

母亲在锄几株玉米。我只锄了几株她便夺了我手中的锄，她怕我胡乱锄了好端端的玉米苗，造成不必要的损失。我的妹妹站在田头四处眺望，她在高中读书，常年的学习使她健康受损，性格也变得十分内向。现在的她，应该是获得了一小会儿的精神上的休憩。

这些年，我的村庄在两件事情上不遗余力。一是盖新房子，大批的红砖新房如雨后春笋一样诞生，使村庄的面孔变得丰富起来，与新房子相比较，我们的黄泥小屋就如同一粒不和谐的痣，长在村庄的额头。二是花钱供孩子上学，考大学。在我的家乡，供孩子上学常常意味着要家徒四壁，孤注一掷，毕竟，泥土上的钱来之不易。上学，这是我们底层人最佳的出路。有幸的是，我成了陈氏家族几辈人中的第一名大学生、第一名作家。

逆光下，我看见了村庄一些美好的景致，这个过程是柔和的，如同一步步熟识一位美人的内心。相信村落会好起来，生活会好起来，我在城市中的疾病，也会好起来。

你准备好了吗

在离开北京返回广东惠州的火车上，我一路都在读着中央电视台著名主持人朱军的新书《时刻准备着》。这本书是刚刚出版了阿拉法特传记作品的好友、解放军报社编辑刘万平送给我的，他在扉页上写了一句意味深长的话："机会不会找上门，需要自己去争取。"他勉励我继续努力，坚守自己的梦想。我眼眶一热，差点落泪。我想起多年前自己参加过的一场诗歌朗诵会。在那场朗诵会上，当主持人邀请诗人们开始朗诵时，诗人尚飞鹏率先举手、快步登台，他激情四射地向在场的诗歌爱好者们朗诵了一首诗歌，题目就是《你准备好了吗》。那次朗诵会给我留下了深刻印象，尤其是尚飞鹏让我心生敬意，他的直爽和朴实，让我看到了诗人的人格魅力。那次朗诵会之后不久，我为一家报纸撰写校园诗歌话题稿件时特意采访了尚飞鹏。那次朗诵会上，我也朗诵了自己的一首诗。这是我人生中第一次登台朗诵诗歌。

《时刻准备着》是朱军的一本自传体书。我过去对名人出书颇不以为然，但这本书改变了我的看法。过去了这么多年，我准备好了吗？仔细想想，我可能失去了许多珍贵的机会，但是我并不感到特别后悔。后悔有什么用呢？或许，真的出现过机会，可是当机会擦肩而过时我还没有准备好。或许，在把握机会之前，我更需要重视的问题是如何守护自己的梦想。

回到广东惠州后，我继续在房间里阅读朱军的这本书。朱军刚刚来到中央电视台时，与崔亚楠同住一个房间，两人第一次一起吃火锅时，崔亚楠对朱军说："兄弟，我看你行，好好干，我不会看走眼的……"看到这段，不知道为什么，顿时热泪盈眶。窗外是惠州的象头山，初春的象头山，笼罩在一片细雨中。我的心就像是雨水中的岩石，忧郁而疼痛。一句话说到心坎上，常常会令人终生难忘。朱军记住了崔亚楠的这句话，十几年后朱军还在感慨，说崔亚楠的这句话令他终生难忘："这句话的温暖，不知给了我多少信心和勇气。"而我也想起自己借调到解放军报社工作期间，不止一位朋友对我说过："兄弟，你要好好干，我看中的人不会错……"朱军用他的成功回报了崔亚楠的友情和信任，而我拿什么回报千里之外的朋友们呢？想到那些对我满怀期待的亲人和朋友，我感觉到从未有过的委屈。我不得不泪流满面。

每个人在他的青春中都曾经留下过曲折的奋斗轨迹，他们都会记住自己曾经的坎坷和艰难。这些遭遇，也是人生的一笔珍贵的财富。我记住了朱军哥哥朱志良在序言中写下的文字：名人传记，之所以受到社会比较广泛的关注，是因为他们在事业上的成功，大多经历了一段鲜为人知的艰难磨练和重重挫折，承受了常人难以理解的社会的、家庭的、经济的、生活的、心理的、生理的种种压力，经过不懈地努力，才成就了一番事业。他们的人生阅历，能给读者提供一些人生的启迪……世界上的事情就是这样，你要想得到好心人的真心相助，自己首先应该是个好心人；只有你待人热情、乐于助人，别人才会真心助你。

的确，机遇从来都是垂青那些有准备的人。一个人只有懂得为获取机遇做准备，才能在机遇出现之时具备捕捉的能力。朱军是生活中的有心人，他为自己的梦想付出了常人难以想象的努力。当人们调侃冥冥之中命运已经安排好了一切之时，最真实的情况却是成功者抓住机遇，不懈追求才有了结果，只不过许多人看到的只是表象上的巧合和传奇罢了。

花　事

　　一年前，我买了一株绿萝，两盆虎皮剑兰，四盆吊兰。后又陆续增添了水仙、蝴蝶兰等品种。因为花花草草，我的生活有了几分诗意。给花儿浇水时，我开始把自己想象成解甲归田的边塞诗人。

　　最早搬进家的是绿萝。那是去年冬天一个飘雪的下午，花店老板亲自送了过来。看着好大一株绿油油的植物从车上抬进屋子，我心头充满了喜悦。平日里我以素食为主，所有植物在我眼中都是亲切的。我喜欢绿萝，因为它是一株健康的植物。按照花店老板的建议，我把绿萝放在了客厅。然而没过多久，绿萝的根部就出现了黄叶。我立即将黄叶摘掉，但心里开始有些担忧。摘掉黄叶的绿萝看上去有些滑稽，像理发时不慎剃掉眉毛的少年，傻傻地站在角落里。又过了几天，绿萝变得无精打采了，硕大的叶子像霜打了一样耷拉下去。我浇了几次水，无济于事；我又将它搬到暖气边上，依然无济于事。于是我拨通花店老板的电话，问她应该怎么办。她说："绿萝生命力很强，刚离开温室有些不适应，过段日子就好了。"我想了想，觉得有道理。绿萝像人一样，到了新的环境也需要适应。想想刚刚参加工作时的自己，也曾有过适应环境的烦恼。那时自己的状态比这株蔫头耷脑的绿萝更糟糕。于是，我把绿萝搬进了卧室。以我的经验，适应新环境最好的办法就是消除孤单感。我想，搬进卧室的绿萝或许会好起来。果然，没过多久，绿萝就缓过了神。冬天过去时，绿萝彻底苏醒了，抽枝，吐叶，尽情舒展起身子。

和绿萝同时搬来的还有两盆虎皮剑兰。虎皮剑兰让人很放心。它们像谦谦君子一样安静，安静得几乎能让人感觉到某种阴郁。去年冬天，我甚至没给它们浇过水。我仔细观察过它们的枝叶，那些镶着金边虎皮花纹的枝叶很坚硬，像一簇毫无生机的塑料制品。春天到来时，我开始给它们浇水了，我想它们纵使真如谦谦君子，也是需要获得滋润的。现在，一年时间过去了，两盆虎皮剑兰全都长高了。花盆里甚至还冒出几簇鹅黄的新苗。我的一位朋友也养着虎皮剑兰。他说："虎皮剑兰不好看，但是很好养，你对它好它活着，你对它不好它也活着。"这多少有些耐人寻味了。

吊兰最普通，也最让人省心。刚送来时，花店老板直接把吊兰放进新买的实木衣柜。衣柜出厂时间短，油漆味没散尽。四盆吊兰占据了衣柜的几处空间。我说：吊兰不会被油漆味熏着吧？花店老板说：就是要让它们吸味。我只好眼睁睁看着吊兰被安置到柜子里。尽管柜门敞开着，但我总觉得它们像走进奥斯维辛集中营毒气室的无辜少年。所幸，后面的日子，它们似乎没有受到任何影响。每次浇水后，吊兰的生命力在几分钟内就能展示出来。吊兰在衣柜里待了几个月后，被拎出来放进了书房。那时衣柜已没有多少气味了。有时候，我出远门，十天半个月，甚至更久，回家时看到吊兰全蔫了，倒伏在花盆上，于是连忙浇水，希望它们能够活过来。结果，每次浇水后几小时，当我再次返回房间，总能发现吊兰像往常那样郁郁葱葱地醒了过来。或许，世间万物，生命力愈强，受的折磨便愈多。我在心里说，再不能让吊兰忍受干涸的折磨了。

有几次，我心生感慨，觉得吊兰其实很像故乡的亲人们，甚至像天底下所有的农民，他们一辈子忠实于水的温柔，也忠实于水的伤害。

真正触动我心灵的是水仙。去年春节前拥有后，水仙就放在客厅最显眼的位置。它修长的身体，蠢蠢欲动的花骨朵，总让我觉得无限美好。一个深夜，水仙突然怒放了。我恰巧在看一部纪录片。我的目光离开电视机，目睹了水仙花儿怒放的瞬间。一束束花儿，像缓缓舒展身子的天鹅，把虚幻的天籁带到了尘世。水仙花儿的美充满了爆发力，她们的美惊人而不朽。我从没见过还有哪些花朵会如此神奇地绽放。那个夜晚，我坐在沙发上，静静注视着徐徐伸展的水仙花儿，半天没说一句话。第二天，我去了外地出差。几天后，从首都机场一出来，我就急匆匆往家里赶。推开门，我惊呆了——水仙枯萎了，花儿全败了，花瓣落满桌子。我再次坐在沙发上，半天没说出一句话。我的耳畔响起一首歌，歌名就叫《水仙》。我仿佛看到一位歌者在黑暗中泪流满面。从此，我再没养水仙。

蝴蝶兰是高贵的花儿。我却因为自己的无知而伤害了它。拥有蝴蝶兰后，我们安静地度过了一段幸福时光。那些天，蝴蝶兰立于电视柜上。每天晚上，当我开始坐下来看东西，蝴蝶兰就袅袅婷婷地站在我双目的余光之中。那段日子，我目睹了一朵又一朵蝴蝶兰的绽放。蝴蝶兰的绽放不急不缓，就那么有一下没一下地开着，显得高贵而典雅。某一天，我忽发奇想要给蝴蝶兰换个盆子。或许，这样能更长久地看到蝴蝶兰的美丽。然而，当我移栽完毕，前后不到十分钟，蝴蝶兰的花瓣全部凋零了！看着光秃秃的枝条，我懊悔万分。蝴蝶兰和水仙一样，在我生命中一闪而过，将刻骨铭心的记忆留给了我。

最近，北京迎来入冬后最冷的日子。我突然有种冲动，渴望再养几盆花。虽然，与去年相比，我依然是不合格的花农。但我觉得自己渐渐走出了那个懵懂的阶段，明白了一些花儿的事情。比如，所有花儿都有自己的灵魂，它们渴望遇到真正读懂自己的人；一些花儿是有理想的，它们必须按自己的想法去生活；一些花儿是不等人的，你迟来一步都将与它们永远错过；一些花儿需要呵护才能妩媚动人……还有更多的花儿，它们是上帝留给人类的谜语，要让我们用更漫长的时间去认识和冥想。

    我已经三十多岁，去过许多地方。然而愈是奔波，便愈是寂寞。想想花儿，一生枯站在小小的泥土上，它们的寂寞该有多深？或者，天底下的花儿又是不寂寞的，一小片知冷知热的泥土就能让它们彻底满足。真可谓智者坐地成佛，愚者走遍天下。还有一种可能，花儿是为了治疗尘世中的病人，才不惜放弃与山川河流的约会，毅然决然地出现在我们糟糕的生活中……那么，还是让我说声谢谢吧。带着深深的情、浓浓的意、厚厚的爱，向流逝着的白昼和黑夜说：花儿出现，光就出现，美神就出现，我已全部看见。如果，今生今世，我能成为一名真正的诗人，那或许与花儿带给我的温暖和感动有关。

寻找范进

如果你愿意，你就能找到范进。很多年前我们在中学课本上知道了《儒林外史》，知道了一位名叫吴敬梓的古人写下了范进中举的故事。然而，范进并没有停留在我们对中学课本的记忆中。甚至说，范进不但从未离开我们的视线，反而像幽灵一样在人群中出没。

二〇〇八年一月十一日，《中国青年报》头版刊登一则消息，标题是《老师讲〈范进中举〉，学生偷偷哭泣》。这则消息报道了发生在沈阳市和平区一所中学课堂上的事。初二学生小宇在日记中写道："我们上语文课学《范进中举》了。老师在讲课时，下面就隐隐传出哭泣声，好几个同学和我一样哭了……课文里说的那种世态炎凉现实中也存在，周围全是'胡屠夫'这样的人。"这则消息让我陷入沉默。我也想起了自己的中学时代。

小宇的语文老师告诉记者，真没想到这篇课文会产生如此奇特的效果——竟有学生为此哭泣。孩子们的反应让我们看到一种现实，吴敬梓虽然远去了，但范进却顽强地活着。或者说，范进至今阴魂不散。在孩子们眼中，胡屠夫也没有远去，他遍布生活的每一个角落。

教育工作者一直被誉为辛勤的园丁。仔细想想，一些教育工作者确实是名副其实的园丁——几十年如一日举着大剪刀咔嚓咔嚓消灭孩子们心灵中生机勃勃的"旁枝逸枝"，按照教科书和教学大纲机械地将学生网罗其中，以符合"规范"的审美眼光引导着孩子们向前走去……

在此，我们不得不叹服：作为思考读书人命运的作品，《儒林外史》真是一部了不起的经典。我们不妨走进文学史寻找答案。对比曹雪芹和吴敬梓两大作家，我们发现二者有很多相似之处：一是有旷世之才；二是均为"落榜生"（曹雪芹、吴敬梓均为科举不中后发愤著书）；三是命运多舛；四是曾在文化古都生活……曹雪芹反复思索人生的意义问题，他的精神内核弥漫着人生如梦的慨叹。而吴敬梓三十岁后来到南京，从此广交文坛名士，深受魏晋风骨思想影响，他思考的是八股取士制度下读书人的命运和出路问题。吴敬梓塑造的知识分子形象活灵活现，对其所处时代的众生万象有着深刻、准确、细腻的观察和思考，常在嬉笑怒骂之间揭露发人深省的现实问题。

今天，《红楼梦》已被开发成一道文化大餐，而《儒林外史》却远离着艺术工作者的视野。为何迟迟无人开掘《儒林外史》这座沉睡的富矿呢？我想一个重要的原因就在于，《儒林外史》塑造的知识分子形象依然能从现实中找到原型。今天，几乎所有高等学府的周边地带，都存在应运而生的"考研街"。成群结队的考生租住在地下室等廉价小屋中，沿着高考制度延伸出来的独木桥挑灯夜读、奋勇前行。他们与范进的区别究竟在哪里？今天的生活中还有许多比《儒林外史》记载的故事更具讽刺意味的人和事。那么这个时代的知识分子是否也面临着人生的出路问题呢？这个时代是否会诞生吴敬梓一样伟大的作家？

曾有人哀叹，吴敬梓有旷世之才却不研究经史子集，而是写难登大雅之堂的小说，真可谓误入歧途！今天，吴敬梓的后来者们是否面临着同样的困境呢？所有沿着吴敬梓脚印前行的作家都应明白——有良知的知识分子注定要与寂寞为伴。就算没有人理解，前进的脚步也不能停下来。

随着社会发展，拥有高学历的人越来越多，可是当代人的生活却一天天远离诗意。遥想唐宋王朝，我们该怎样理解在一个目不识丁的民众占人口比例绝大多数的时代，诗意竟然成为一个王朝的背影！那么是否可以这样理解——很多人接受了高等教育，并不意味着这些人就有文化了。拙劣的教育如果不能造就面包一样形状和内容都十分相似的人，那么就可能毁掉不符合"产品规范"的人。假如你或你的孩子就处在被毁灭的范畴，你该怎么办？逃避还是反抗？你有反抗的能力吗？

也许，我们应该认真思考一下"何为教育""教育何为"之类的问题了。在范进尚未远去的年代，我们还要时刻准备着，准备着自救和救人。

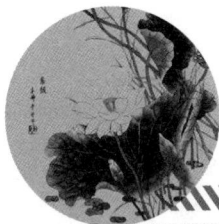

第五辑　文学从不遮蔽众生的表情

谁影响了大师

一

当北京进入夏季的高温天气，我对加西亚·马尔克斯作品的阅读变得如火如荼。六月初的一个周末，我走进北京市亚运村图书大厦，在书架的醒目位置上看到《一个海难幸存者的故事》赫然在列。将这本书买回家后，我用一个夜晚外加一个上午的时间，逐字逐句读完了这部曾让加西亚·马尔克斯背井离乡的作品。几天后，我在电视节目中看到关于这部作品的介绍时恍然大悟，南海出版公司推出这部作品后，我意外地成为第一批中国读者。像我这样习惯于阅读纸质书的传统读者，长期滞后于互联网时代，却意外地跻身于阅读潮流的浪尖，这种感觉着实奇妙。吃惊之余，我回过头来看自己的书架，发现《百年孤独》《族长的秋天》《霍乱时期的爱情》等作品全都列队完毕，像一群忠实的士兵等待着检阅。

《一个海难幸存者的故事》是加西亚·马尔克斯二十八岁时完成并发表的作品，但是结集出版却是发表之后许多年的事情了。出版社发现这部作品后，果断地将其纳入出版计划。坦白地讲，读者们从书中发现的并不是一个崭新的故事，加西亚·马尔克斯是介入事件的记者，更是历史的证人。那么他是怎样完成这部作品的写作呢？当年海难事件发生后，加西亚·马尔克斯采访了幸存水兵贝拉斯科，每天交谈六小时，持续二十天，最后以第一人称写完了这个故事，并在《观察家报》连载。加西亚·马尔克斯细致入微地讲述了主人公在海上漂泊的十天，包括描写了他在救生筏上孤独至极时产生的幻觉。幻觉中出现的人物是虚无的，但就幻觉本身来说却是一种真实的存在。那个每到夜里就出现在救生筏上的同伴，与濒临死亡边缘的贝拉斯科你一言我一语地交流着，这种诞生于真实海难背景中的幻觉，让作品焕发出真实的气息。然而，加西亚·马尔克斯因为这篇故事惹上了麻烦，不得不前往巴黎，开始背井离乡的漂泊生活。"我时时思念故土，这倒真有点像海难幸存者在筏子上的漂流生活。"加西亚·马尔克斯在序文《故事背后的故事》中坦承，出版商真正在意的不是这个故事，而是它将以谁的名字出版。这对作家来说多少有些哭笑不得。

二

众所周知，加西亚·马尔克斯被誉为二十世纪最有影响力的作家之一。在文学的殿堂，只有读者可以授予作家天才的桂冠。这种情形犹如古人常说的"水能载舟，亦能覆舟"。读者是水，推动作家的航船一路向前，当作品拥有了良好的反响和口碑，就如同航船升起了风帆。显而易见，加西亚·马尔克斯珍视这种荣誉，他在文章中诚恳地写道："作家的责任，以及革命的责任，如果你愿意承担的话，就是好好写作。"

三

对一位作家而言，人生阅历常常会成为其作品内容的一部分。加西亚·马尔克斯拥有作家、记者、社会活动家等多重身份，他在作品中始终保持着积极的人生态度。加西亚·马尔克斯的文学创作始于学生时代，他狂热地阅读西班牙黄金时代的诗歌作品，这为他的文学语言风格形成打下了良好基础。而童年时听外祖母讲述神话鬼怪故事，阅读《一千零一夜》的经历，则为加西亚·马尔克斯幼小的心灵注入了奇幻色彩。但是加西亚·马尔克斯并不承认想象力可以超越真实而存在，他认为"随着年逝月移，我发现一个人不能任意臆造或凭空想象，因为这很危险，会谎言连篇，而文学作品中的谎言要比现实生活中的谎言更加后患无穷"。

如果带着真实理念审视加西亚·马尔克斯笔下的拉丁美洲，就会立即感觉到一种惊心动魄的现实扑面而来。这种现实很大程度上来自于作家自身的人生历程和生活体验。在法国巴黎漂泊时，加西亚·马尔克斯曾沦落到渴望"吃一顿热饭、挨着有火的角落取一会儿暖"的地步。他曾在巴黎地铁站向行人讨要一枚硬币，当他语无伦次地解释自己遇到了困难时，一位路人没好气地将钱放入他的手中。很多年后，回忆起这段往事，加西亚·马尔克斯依然感慨万千："巴黎展示出了对穷人的铁石心肠。"

此后，任拉美通讯社驻纽约记者时，加西亚·马尔克斯依然处于人生的动荡时期，为了预防袭击和不测，他在工作时不得不随身带着一根铁棍。然而即便是这种工作也难以持久，当他在纽约辞职后，连回去的路费都没有了。于是，全家人带着最后的一百美金前往墨西哥。

如果不是因为贤惠的妻子梅赛德斯分担忧愁，很难想象加西亚·马尔克斯如何度过人生的重重难关，取得日后的成就。即便在《百年孤独》的创作过程中，加西亚·马尔克斯也不知道梅赛德斯是如何做到

"让肉店老板赊给她肉，让面包师赊给她面包，房东答应她晚交九个月房租……"

若干年后，P.A.门多萨问加西亚·马尔克斯："在你所认识的人里，谁是举世罕见的人物？"加西亚·马尔克斯的回答直截了当："我的妻子梅赛德斯。"所以，加西亚·马尔克斯写下的拉丁美洲的故事，并非仅仅是周围人的故事，也是他身处其间的生活，他能够从写作中体会到疼痛和温暖，这才是作品中最辽阔的现实。

四

加西亚·马尔克斯对新闻工作的理解十分有趣。当他说完"新闻工作教会我如何把故事写得有血有肉"，举出的例子却令人大吃一惊——"美人儿蕾梅黛丝裹着床单（白色的床单）飞上天空，或者给尼卡诺尔·雷伊纳神甫喝一杯巧克力（是巧克力，而不是别的饮料）就能使他离开地面十厘米"。在加西亚·马尔克斯看来，这些都是新闻记者的拿手好戏，"是很有用的"。

这种观点很难得到新闻记者们的赞同，只有传到卡夫卡、海明威、乔伊斯、弗吉尼亚·伍尔夫、威廉·福克纳、塞万提斯等人的耳朵里，才可能引起共鸣。

五

因为文学的原因，加西亚·马尔克斯与菲德尔·卡斯特罗私交颇深，菲德尔·卡斯特罗只用一天时间就读完了加西亚·马尔克斯送给他的《一个海难幸存者的故事》，并且立即前往加西亚·马尔克斯住的旅馆，当面指出书中有一处船只航行速度的计算错误。此后，在另一部作品《一桩事先张扬的凶杀案》发表之前，加西亚·马尔克斯直接将原稿送给菲德尔·卡斯特罗阅读，结果菲德尔·卡斯特罗再次指出一个细节上的错误。加西亚·马尔克斯的天马行空和菲德尔·卡斯特罗的严谨认真并没有发生冲突，他们就像两种不同的试剂在烧杯中相遇，然后发生剧烈的反应，产生了名叫友谊的结晶。

总而言之，在加西亚·马尔克斯影响后来者之前，他其实已被大师们影响了很长时间。当少年在时光的跑道上变成老人，接受大师们的影响日益式微之时，曾经的少年终于熬成了大师。

六

加西亚·马尔克斯是一位想象力非凡的作家，他善于在写作中追忆往事，通过想象重构过往的社会和历史。他的语言也十分独特，比如描写晕船的水兵时，他会写道："他快要将舌头都吐掉了。"诸如此类的语言，从许多中国作家的作品中也时常可以看到。加西亚·马尔克斯影响了一些堪称大师的作家，那么他又是受到了谁的影响？瞧他自己的回答吧："要以前人为楷模。"

大学时代，加西亚·马尔克斯开始阅读格雷厄姆·格林等作家的作品，并且受到了启示和影响。这时他已经发现了文学中的现实是合成式的，用于合成的基本要素是叙事艺术的一个秘密。而在文学语言方面，加西亚·马尔克斯的作品形成了朴素明快的风格，他认为这是从海明威那里学来的"最经济的语言"。他的作品建立在巧妙的结构和大量精确的细节之上。但是他也清醒地认识到，"从格雷厄姆·格林和海明威那儿获取的教益纯粹是技巧上的"。

威廉·福克纳的影响对年轻的加西亚·马尔克斯来说，已经到了难以摆脱的地步。以至于评论家们总能在加西亚·马尔克斯的作品中看到威廉·福克纳的身影。但是，这种影响是一位作家竭尽全力要破除和遗忘的。连他自己也承认，对于威廉·福克纳，最重要的问题不在于模仿，而是如何摧毁。

七

如果称加西亚·马尔克斯是这个星球上最善于讲故事的作家之一，估计所有的读者都不会反对。一九八二年，加西亚·马尔克斯迎来人生的巅峰时刻。这一年，他获得了诺贝尔文学奖，出版了《番石榴飘香》，以别出心裁的方式讲述自己的故事。这部作品出版多年之后，一些作家也推出了类似形式的作品。但是，第一个吃螃蟹的人理应得到更多掌声。纵观加西亚·马尔克斯的文学作品，似乎可以得出这样的结论——瞧吧，这个不声不响的老头，始终走在其栖身的时代前列。

当加西亚·马尔克斯在文学世界天马行空、侃侃而谈时，许多日后受他影响成长起来的作家都还乳臭未干，他们徘徊在文学殿堂的门外，既找不到门铃的位置，也不敢冒昧地敲击门扉。

八

时至今日，我还能回忆起从余华的文学随笔中走出来的加西亚·马尔克斯。那时我住在一座古旧建筑的二楼，窗外有几株合抱粗的高大槐树，每当夜幕降临，我开始读书写作时，就会有几只猫头鹰如约而至，它们打嗝似的叫声让我的内心一次次坠入寂寞的深渊。当我看到余华对加西亚·马尔克斯的介绍时顿时眼前一亮，琢磨着应该尽快认识这个有趣的老头。因为在我眼中如有神助的余华，竟然像个诚实的孩子，承认自己的文学道路站满了大师扮成的父亲。那时，我正在集中阅读余华的作品，已经确信川端康成和加西亚·马尔克斯对余华产生过极为重要的影响。我相信前者帮助余华完成了《许三观卖血记》，而后者则教会余华如何成为杰出的猎手。在余华承认的文学父亲中，加西亚·马尔克斯是最年轻的一位。如果以年龄推算，他们倒真像一对父子。余华作品中的幽默、犀利和准确，与加西亚·马尔克斯时而一脉相承，时而殊途同归。他们像是沿着不同的小径散步，最后在一座争奇斗妍的花园前相逢。

毫无疑问，加西亚·马尔克斯对中国作家有着广泛的影响。作家阿来在一篇访谈文章中就讲到了自己年轻时从武汉到重庆，七天七夜的航程中读着《百年孤独》打发时光。加西亚·马尔克斯的写作方式，让阿来获得了巨大启发，当他再次拿起笔写作时，通往心灵世界的大门应声而开。在莫言、贾平凹、余华等中国作家的随笔文章中，都曾谈及加西亚·马尔克斯对自己的影响。从拉丁美洲漂洋过海来到中国的文学经典，像飞行的植物种子，到新的土地上生根发芽、茁壮成长。

九

加西亚·马尔克斯的作品始终贯穿着孤独的主题，他竭力呈现哥伦比亚乃至拉丁美洲人心灵深处的孤独，积极地参与过拉丁美洲国家的诸多运动。在经历了种种动荡之后，加西亚·马尔克斯清醒地认识到，用他人的模式来解释身边的现实，只会让拉丁美洲陷入更深的孤独。加西亚·马尔克斯把孤独从《一个海难幸存者的故事》中带了出来，这种漂泊在海上的深入骨髓的孤独，陪伴着作家的漫漫人生路。当加西亚·马尔克斯往返于欧洲和拉丁美洲，成为享誉世界的作家时，他依然在讲述着与孤独有关的人生故事。这种孤独不是茫茫人海和滚滚红尘就能淹没的，每一位阅读过加西亚·马尔克斯作品的读者，都能从这种弥漫在文字深处的孤独意象中获得启示。

一九六七年，加西亚·马尔克斯出版了《百年孤独》，完成了人生的重大转折，从此拥有了安心写作的可能。从此，那个载入文学史的经典开头被人们反复提及："多年以后，面对行刑队，奥雷里亚诺·布恩迪上校将会回想起，父亲带他去见识冰块的那个遥远的下午。"这样的叙述语言，让人们听到了时空交错的声音，成为一个时代文学语言的象征和旗帜。

瑞典文学院的授奖词对加西亚·马尔克斯和《百年孤独》的评价是："他的小说以丰富的想象编织了一个现实与幻想交相辉映的世界，反映了一个大陆的生命与矛盾。"一些评论家认为加西亚·马尔克斯是"唯一没有争议"的诺贝尔文学奖获得者，更有甚者认为"难说诺贝尔奖能给加西亚·马尔克斯增添多少光彩，但他的获奖必将使该奖的声誉有所恢复"。可以说，加西亚·马尔克斯非凡的文学写作才能，在打动无数读者的心灵之后，兵不血刃地征服了评论家。从《百年孤独》开始，加西亚·马尔克斯将拉丁美洲的孤独提升至前所未有的高度。他以此提醒读者，孤独不仅长期存在于人类的生活和心灵之中，也将永恒地存在于文学作品之中。

十

加西亚·马尔克斯关注的是拉丁美洲的民众生活和精神世界，但他的写作却在世界各地的读者中引起了共鸣。所以，加西亚·马尔克斯用文学的方式启示了许多作家，一个拥有广泛影响力的作家，他的作品必然会存在倾向和主题，这种倾向和主题在给作品赋予神奇力量的同时，始终像空气一样无影无踪。而生活已经告诉了我们，像空气一样无影无踪的东西才是最重要的。

我们可以离开许多形形色色、可以触摸、可以占有的东西，却一刻也离不开那些貌似虚无的东西。作家不仅要深谙此道，还应锲而不舍地予以证明。

十一

　　谁是影响了大师的人？加西亚·马尔克斯用毕生的伏案写作给出了回答，当他的孤独改头换面出现在更多大师的作品之中时，加西亚·马尔克斯不是离我们而去了，而是以另一种方式获得了永生。因为，所有像大师一样写作的人，都拥有大师一样的灵魂。加西亚·马尔克斯的拉丁美洲的孤独，究竟影响过多少中国作家，恐怕难以得出确凿的答案。因为文学道路上的成长就是阅读和遗忘的历史，只有不断获取灵魂的钥匙，才能打开通往崭新世界的大门。

　　读懂了加西亚·马尔克斯作品中的孤独，有助于人们读懂许多优秀中国作家笔下的慈悲与冷酷、愤怒与宽容……所有这一切，都以白纸黑字的形式证明了一个事实的存在——伟大作家可以通过作品复制其思想，像燎原的星星之火，在广袤的心灵世界里传递。

十二

　　加西亚·马尔克斯的文学思想诞生于他身处其间的落后、封闭、独裁的社会氛围之中，他讲述了以死亡为背景的众生万象的故事，成功营造出一个文学的国度。从《枯枝败叶》到《百年孤独》，出现在加西亚·马尔克斯笔下的"马孔多"，既是哥伦比亚的缩影，也是拉丁美洲现实社会的一面镜子。在他的笔下，人们看到一个浓缩的宇宙，惊奇于那片土地的贫困，也惊奇于那片土地的富足。贯穿加西亚·马尔克斯作品的贫困和孤独，理应在一个繁荣的时代变得渺小，变得无足轻重和不足挂齿。也有人指出，加西亚·马尔克斯继承了欧洲政治小说的传统，将历史剧与个人戏剧合二为一，所以能够在叙述现实题材的过程中融入魔幻色彩。

加西亚·马尔克斯以书写孤独的方式反抗孤独，他与威廉·福克纳一样对未来满怀期待。加西亚·马尔克斯用写给自己的方式写给拉丁美洲——人类的命运不该由别人来决定，至于死亡的方式就更不该由别人来决定。加西亚·马尔克斯相信爱情是真正的爱情，幸福有可能实现。

十三

晚年的加西亚·马尔克斯曾到访中国，据说在北京和上海旅行时，加西亚·马尔克斯吃惊地发现自己的作品遭遇了形形色色的盗版，这让他大为恼火，因此做出一个极不冷静的决定——死后一百五十年都不授权中国出版自己的作品，包括《百年孤独》在内。或许，做出这个决定时加西亚·马尔克斯并不了解远离拉丁美洲的中国现实。尽管中国已跻身于世界大国行列，但在过去很长一段时间内，许多年轻人正是通过形形色色的盗版书籍得以窥见文学之光，并最终走上文学道路。像洪水一样泛滥的盗版书，意外地调和了贫富分化带来的社会矛盾，并且推动了文学的普及。今天，这种文化的隔膜日渐消失，走进全国各地的新华书店和图书大厦，都能轻而易举地找到加西亚·马尔克斯的作品。而南海出版公司陆续推出的加西亚·马尔克斯作品系列更为经典，已经迅速入驻我在家中的小书柜。

二〇一四年，加西亚·马尔克斯走向了另一个世界，他的孤独文学失去了钥匙，以后人们阅读他的作品，不仅要寻找文字中隐藏的秘密，还要主动开掘自己的想象力。曾经热爱加西亚·马尔克斯的读者在其影响下踏上文学之路，甚至像余华一样开始写作时，加西亚·马尔克斯终于不只是一位大师了，而是成为传说中那种影响了大师的人。影响大师的人，同样是大师，现在他和后来者出现在同一条小路上。接下来，谁会抵达更加遥远的地方，只有趟过岁月的河水才能揭晓最终的谜底。

想象的力量

"他去了，狂野的怒火再不会烧伤他的心"，这是乔纳森·斯威夫特为自己撰写的墓志铭。一七四五年十月十九日，当这位饱受病痛之苦的作家走到生命尽头时，他的代表作《格列佛游记》依然被人们喋喋不休地争论着。数百年后的今天，这本书的读者已遍布世界各地。然而，人们对乔纳森·斯威夫特和《格列佛游记》的认识依然在更新着。这部以航海和探险为背景的作品，也像那段特殊的历史一样不断显示出发现的快乐。

毫无疑问，乔纳森·斯威夫特是一位批判现实主义作家。一七二六年，《格列佛游记》出版之后，立刻在英国引起很大争议。人们对书中主人公格列佛离奇的航海故事津津乐道，很多人"自觉"寻找到可以对号入座的现实。在文学史上，人们对这本书的评价在相当程度上沿用了那个时代较为普遍的看法：这部作品以主人公格列佛自述的形式，讲述了他在数次航海历险中进入小人国、大人国、飞岛国和慧骃国等国度的荒诞故事，以讽刺、夸张、变形等诸多手段，讽刺了英国的社会现实。比如小人国里的"高跟党"和"低跟党"因为政治分歧而积怨极深，甚至不在一起吃饭和说话；为了吃鸡蛋时打大端还是打小端竟然引发两个国家的战争；等等。可以说，当时的读者已经认定这是一部讽刺英国社会的作品。

但是，随着通过航海探索未知世界的时代成为历史，人们渐渐淡忘了乔纳森·斯威夫特笔下所讽刺的现实世界。坦率地讲，人们不再对那个令乔纳森·斯威夫特耿耿于怀的英国产生兴趣。包括怀揣政治理想、奋笔疾书的乔纳森·斯威夫特本人，也在岁月的薄雾后显得越来越不真实。而作家曾在书中流露出的所谓"反人类"情绪，也被读者们渐渐宽容了。今天，再不会有人以愤怒的语气谈论这部传奇作品。

鉴于乔纳森·斯威夫特在《格列佛游记》中表现出来的充满童话色彩的"异想天开"，很多读者更愿意将这部作品视为优秀的儿童文学名著。事实上，此后的数百年间，这部作品也确实成为孩子们喜爱的作品。格列佛的航海奇遇总是把人们引向一个又一个迷宫般复杂的故事和情节之中，而在种种历险之后，他总能凭借机智、勇敢和运气重回故国。

然而，这一切就是《格列佛游记》成为世界名著的原因吗？

然而，乔纳森·斯威夫特仅仅是一位对其栖身的时代心存异见的幻想家吗？

我认为，乔纳森·斯威夫特并不是仅仅在讽刺那个时代的英国，他最伟大的壮举就是毫无保留地在《格列佛游记》中写下了自己对世界的理解和对人类的忠告。

我还认为，乔纳森·斯威夫特依靠想象完成了一次革命，他证明了一个问题——批判现实也需要想象力。或许，正是由于想象力的介入，作家才真正获得了艺术创作的力量，对现实世界批判时才显得入木三分、幽默风趣、打动人心。

数百年后的今天，当获得诺贝尔文学奖的作家莫言因为说出"政治教人打架，文学教人恋爱"而赢得喝彩时，我们却不得不承认：乔纳森·斯威夫特，这位政治理想远远大于文学理想的作家，在让政治成为文学的同时，也让文学成为了政治。乔纳森·斯威夫特轻松化解了政治和文学的对立，他所拥有的本领只有与大师身份才能相匹配。但他从未因此而得意，与之形成对比的是他的表白："我宁愿用最简单朴素的文笔把平凡的事实叙述出来……"毫不客气地说，仅凭这一点，乔纳森·斯威夫特就值得今天的写作者们虚心学习并且重新去发现。

活着是怎么一回事

我曾尝试列出自己喜爱的中国作家，结果列出了一份比菜谱还要琳琅满目的名单。可是只需要用当代二字加以限制，构成这份名单的版图顿时就会山河破碎、土崩瓦解。如果再用是否读过其绝大部分作品来衡量，能够列举出来的作家就更少了。然而，即便在这份瘦身的名单里，作家余华的名字依然醒目。多年前，我在北京市王府井新华书店买下了上海文艺出版社推出的全套余华作品系列。一下子拥有余华的全部作品，让我倍感奢侈和珍惜，我决心不再以猪八戒吃人参果的方式阅读了，而是要像喝茶一样慢慢品尝。

阅读余华的长篇小说《活着》时，我的心头浮现出学生时代读过的奥地利诗人里尔克的诗句——"有何胜利可言？挺住就意味着一切。"大约在我参加工作的第三个年头，报纸上刊登了《活着》荣获法兰西文学和艺术骑士勋章的消息。主人公福贵的故事开始变得世人皆知，这个曾经的地主家少爷，在佃农、国民党壮丁、解放军俘虏等一连串角色的变换之后重返故乡，却发现母亲已经去世，那个曾经像鸟巢一样温暖的家荡然无存。福贵的人生没法安定下来了，此后他又经历了土地改革、人民公社、大炼钢铁、自然灾害、文化大革命等种种动荡，悲欢离合，历尽劫波。那些陪伴着福贵的角色们次第登场，又匆匆退场，唯有福贵百折不挠地演绎着活着的故事。在小说的收尾之处，当福贵买了那头同病相怜的老水牛，并为其取名为"福贵"时，他已经将自己降落到生活的最低处，也因此找到了继续活着的灵魂支点。余华作品的特点再次得以体现——"以哭的方式笑，在死亡的伴随下活着"。从福贵的故事来看，这种特点真是恰如其分。我曾经想象过福贵在暮色降临之际归来的背影，他的身后跟着影子一样缓慢移动的"福贵"。这个摇摇晃晃的人间景象，让活着的故事充满了悲剧气息和哲学意味。

活着就是胜利，这真是令人伤心。福贵以备受煎熬和百感交集的方式活着，每当我读完一章就为已经走投无路的福贵感到忧心忡忡，结果到了下一章福贵又奇迹般活了下来。在貌似平淡无奇的叙述背后，某种似曾相识、震撼人心的现实总是被压抑着，缓缓地流淌和释放。我忍不住浮想联翩，在挺住就意味着一切的同时，活着是否就意味着胜利？余华在写作中的高明之处，就在于他让福贵一次次从生活的夹缝中挤了过去，然后挺住了，令人震惊地活了下去。我翻来覆去琢磨福贵的人生历程，他的故事貌似平淡无奇，却能把一条冗长的流水转化成为文学的江河，最后呈现出落日下的苍凉和辽阔。事实上，所有文学作品都是在讲述人类活着的故事，爱恨情仇、生离死别、悲欣交集，构成了亦真亦幻的文学景观。完成诸如此类的叙述，可以选择像插花一样汇集人生的精彩片段，也可以将冗长甚至乏善可陈的日常生活娓娓道来。后一种情形貌似平庸且充满挑战，因为在这个过程中受煎熬的不仅仅是作家，还有可能包括读者。

余华作品中的故事始终以现实的冷酷为背景。这使我想起了贯穿在加西亚·马尔克斯作品中的孤独。五十多岁时，加西亚·马尔克斯获得了诺贝尔文学奖，他在获奖演说词《拉丁美洲的孤独》中阐述了自己的理解——要以真正繁荣的理想，来改变貌似繁荣的现实。可以说，加西亚·马尔克斯作品中的孤独包含着更多信息，从本质上讲是以孤独唤醒生命的觉悟，唤起人们改变现实世界的渴望，一个充满活力的乌托邦才是他心目中的文学极地。余华在随笔作品中坦承自己受到过加西亚·马尔克斯作品的影响。由此回过头来探讨余华作品，我们便会惊异地发现，在种种冷酷的背景中，余华为读者留下了劫后余生的一缕暖色。当余华写下一个又一个令人绝望的故事时，读者看到的并非只有身临绝境、怆然泣下，而是包含了冷酷现实中由来已久的荒诞——从迢迢大路出发的人常常走投无路，从羊肠小道出发的人却抵达了遥远的天边。而这正是余华作品深受读者欢迎和喜爱的重要原因，每个人都可以从余华的作品中读到熟悉的生活，甚至发现自己的泪水在主人公的脸上肆意流淌。我也因此想起多年前的那个夏天，在北京市三里河甘家口大厦旁的饭店里，我在等待几位朋友时忍不住拿出余华的作品读起来，读着读着就泪流满面，直到朋友们打电话说马上就到时，我才擦干泪水、收起书本。

《活着》讲述的故事，能让读者很容易地陷入某种消沉，谁又能甘愿承认这就是活着的真相？于是，带着种种不甘心往下读，希冀能在某个章节出现峰回路转、柳暗花明。我们最终不得不承认，余华讲述的与活着有关的故事，始终没有抛开现实的悲凉，这多么令人绝望，又多么合情合理。我想起多年前读完《活着》时的情形，那种复杂的心情难以形容，于是我拎起相机走上街头，希望以摄影的方式转移内心的失落。结果意外地发现，这种失落的情绪同样可以影响镜头中的生活。我曾误以为这是阅读余华作品的副作用，直至很久以后，当我一次次穿越现实的重重迷雾，才发现等待自己的依然是迷雾重重。这时我恍然大悟，让自己感觉到孤单和痛苦的并非余华的作品，而是我时刻面对的白天和黑夜，是深陷黑白轮回中的现实。明白了这个道理，我的内心顿时变得广袤起来。这时回头看《活着》，我突然发现比读者们更无助的人是这个名叫余华的作家。

现在，我已经相信一个事实的存在，当余华一字一句写下《活着》时，他所洞悉的现实远远超出读者的想象。这些故事在余华的笔下再次唤醒人们的记忆。当人世间的种种荒谬和过错大摇大摆走上文学的街头时，作家与其说是生产者，倒不如说是见证者。用一句话概括《活着》讲述了什么，或许可以写成"活着就是一切，活着就是胜利"。

《活着》出版之后，引起了媒体的广泛关注和热议。但更令人感到惊喜的则是余华写下的故事走出了国门，在一个又一个陌生国度落地生根并打动了读者的心灵。海外媒体对《活着》的评价毫不吝啬，认为"这是非常生动的人生记录，不仅仅是中国人民的经验，也是我们活下去的自画像"。另有一些媒体则认为余华凭借《活着》和《许三观卖血记》，在二十世纪九十年代成功塑造了"反映一代人、又代表一个民族灵魂的人物"。可以说，《活着》是一部里程碑式的悲剧，读者无论身处哪个国度、拥有何种肤色，都会感觉到福贵和他的家庭尽管相隔千万里，却又近若亲邻。所以，很多人谈及阅读《活着》的体会时，直言"读到一半便能确信这是一部不朽之作"。

像加西亚·马尔克斯一样，余华在作品中一次次展示了生活的残酷真相，但却总能将灵与肉的挣扎转化为活着的希望。加西亚·马尔克斯不承认自己是一个悲观的作家，他对未来有着积极的设想。而被评论家冠以先锋派头衔的余华，也从未臣服于先锋旗号之下，嬉笑怒骂之间把叙述的技艺抛于脑后，沿着现实主义的崇山峻岭勇敢攀登。通过《活着》这部作品，余华讲述了活着是怎么一回事，把貌似简单的活着变成了芸芸众生在人世间的壮举。用余华自己的话来说，他相信自己写下了高尚的作品。或许，余华最终写下的只是一种人生观——只要活着，就有希望。而这，不仅是余华作品的真相，也是文学的真相。

灵魂与面具

人类戴面具的历史由来已久。根据考古发现，已知的世界最早面具可以追溯到七千年前。戴上面具之后，人类会得到什么？又会失去什么？正在参加上海国际艺术节展演活动的话剧作品《兰陵王》，就讲述了一个关于灵魂和面具的寓言，让这个古老的故事再次焕发出璀璨的光芒。

"孰为羔羊，孰为豺狼"，是贯穿这部话剧作品的一句反问。兰陵王作为中国戏剧史上的经典艺术形象，一直是一个不断被塑造、创作并且"常演常新"的角色，不同时期的舞台形象都在发生着变化。而在这部由著名导演王晓鹰执导、上海戏剧作家罗怀臻编剧的话剧中，兰陵王魔性的面具让人们看到一个英雄形象诞生的同时，也让人们看到了一个躲藏在面具之后的魔鬼。人性的复杂让兰陵王的艺术形象有了与以往截然不同的诗意演绎，并且让人们在欣赏的过程中产生了内心的追问。

灵魂与面具既矛盾又统一，究竟一个人的真实面目与面具之间有着怎样的距离？该如何看待这个带着追问的寓言？这个发生在遥远时代的古老传说对当代人的精神世界有着怎样的启示？这一切都是话剧《兰陵王》带给观众的问题。

　　我知道兰陵王的故事，是通过影视文学作品，起初并不清楚这个故事在历史上是否有原型。待日后学到了中国古代历史，才知道兰陵王的故事发生在北齐，流传至今已有一千四百年以上的历史了。兰陵王的故事以戏剧作品形式出现由来已久。这个故事不断经过艺术加工，人们已经难以知道历史上真正发生过什么，但却依然乐此不疲地对这个故事进行着艺术加工和重塑，不同历史时期都有着创造性的发展。这个现象本身就值得研究。在这部话剧作品中，兰陵王在童年就目睹了父王被齐主阴谋篡位而毒害，并且母亲也被齐主霸占，兰陵王为了保命不得不故作柔弱女儿态，自幼"沉湎"于男扮女装的伶人游戏，以此躲过齐主的迫害而自我保全。直至其生母齐后想方设法为其展示了先王遗物神兽大面，兰陵王才终于唤醒了内心深处被长久压抑的血性，从而展开了斗智斗勇的复仇行动。兰陵王先是率领军队在战场上取得辉煌胜利，打破了齐主借战争除掉先王血脉继承人兰陵王的阴谋，然后率领军队倒戈一击，向齐主复仇，并且展示出一个扭曲心灵内部令人恐惧的愤怒和嗜虐。最终，为了唤醒冷酷无情、暴虐可怖的兰陵王，齐后和剧中的兰陵王心上人郑儿，用她们的死重新唤醒了兰陵王内心深处的人性。摘下面具的兰陵王回到了现实之中，他找回了那颗已经遗失的真我之心。

　　在这部话剧中，兰陵王的面具——大面，再次成为一个重要的舞台艺术符号。戴上狰狞的木刻面具之后，那个隐匿于历史深处的兰陵王再次复活了。古代的相关记载中，认为兰陵王担心自己长相柔美，不足以让敌人和对手感觉到震慑，于是戴起了面具，以获取先王的神力。兰陵王由此成为兼具羔羊之性和豺狼之力的艺术形象。当这两种人性的矛盾集中到兰陵王身上时，一个崭新的兰陵王出现在了舞台上。

　　这部作品一个崭新的特点，就是在保留中国传统戏剧模式的同时，在传统艺术元素中融入了许多当代文艺创作思想。也就是说，此时人们看到的《兰陵王》，虽然在讲述一个久远时代发生的故事，但事实上却在展示中国戏剧艺术原始形态的同时，为人物的形象赋予了当代社会人性思辨和探究的意味。人性中的羊性和狼性，让兰陵王处于一个分裂的状态中，而存在于当代人精神深处的某些撕裂感，同样可以在这部作品中找到呼应的对象。悲剧究竟是如何诞生的，悲剧诞生的过程是否能引发人类对自身的命运、灵魂展开更多的关注和思考？显而易见，话剧《兰陵王》真正讲述的故事并不是为了忠实于历史的本来面目，而是为了讲述人性异化的过程，从而拷问灵魂的真实和人性的复杂。

中国话剧有关注现实生活的传统，总是主动承载时代的期望，这是一种可贵的艺术品质。具体到这部话剧《兰陵王》，人们已经能够从中洞察到人性的复杂，远远超出了我们的想象力。

那么，在这部作品中我们究竟还看到了什么呢？其实，我们看到的也是生活中的种种困境和挣扎在舞台之上的复活。那张传承至今的大面，不仅仅出现在舞台上，也出现在现实生活中。故事的情节不断在发展和演绎，但不同时期的人们都在探究其所处时代人们心灵与生活的纠结之处。人性始终都是复杂的。甚至可以说，每个人灵魂深处，都有一幅特殊的面具。面具戴久了，就会成为脸的一部分。谁敢说自己的一生没有表演的成分。那种在生活中受到挤压和不断泯灭的真性情，才是我们始终回到舞台之上演绎这个故事的原因，也是人们聚集到舞台之前重新欣赏这部作品的原因。

兰陵王被唤醒后摘下了面具，可是谁来帮我们摘下囚禁灵魂的大面呢？或许，话剧《兰陵王》的最大意义，就是提醒我们意识到面具在人生中的存在。而认识到面具的存在，灵魂才能获取一缕光明，知道通往何处才能找回生命的率真。找回真我，才是一部不朽的经典之作带给我们的最有价值的启示。

被打碎的坐标系

　　阅读过《失焦》吗？如果你对新闻摄影有所追求，那么就绝不能给出否定的答案。《失焦》是一本自传体战地摄影手记，英文名称是《Slightly Out of Focus》，意指焦点略有不准。这句话貌似费解，实则耐人寻味。从摄影术发明的那一天起，焦点之于摄影创作，就如同原点之于坐标系。然而，《失焦》的作者却通过他的摄影作品告诉人们：在无限延伸的光影世界中，基于技术原则的秩序随时都可能被打碎，只有召唤摄影者奋勇前行的声音才永恒真实。

　　这位敢于打碎坐标系的人就是罗伯特·卡帕。他说过一句影响了无数人的话："如果你的照片拍得不够好，是因为你离得不够近。"

　　一九一三年，罗伯特·卡帕出生在布达佩斯，原名安德烈·弗里德曼。安德烈·弗里德曼长大后迅速成为特立独行的天才。他的创举之一便是缔造了梦想中的自己——摄影师罗伯特·卡帕。年轻的安德烈·弗里德曼来到巴黎，宣称代理出售摄影师罗伯特·卡帕的照片。事实上，这些要价高昂的照片全部出自安德烈·弗里德曼之手，所谓的罗伯特·卡帕纯属子虚乌有。不久，这个秘密被人发现。安德烈·弗里德曼索性彻底变成摄影师罗伯特·卡帕。一九三六年，西班牙爆发内战，他前往西班牙并在那里拍摄到令自己一夜成名的作品——一名西班牙战士中弹倒下的瞬间。这幅以《战场的殉难者》《西班牙战士》等标题发表的作品，轰动了整个摄影界。

罗伯特·卡帕走红了，他的作品源源不断地发表出来。然而厄运很快接踵而至。一九三七年七月二十六日，罗伯特·卡帕的女友——摄影家葛尔德·达娜在前线采访时发生意外。一辆失控的坦克撞上了站在越野车踏板上的葛尔德·达娜，她的身体被挤瘪了，小肠从破裂的肚皮中涌出来。事情发生得太突然，奄奄一息的葛尔德·达娜临死前只问了一句话："我的相机没事吧？那可是新相机啊。"葛尔德·达娜的死亡给罗伯特·卡帕带来沉重打击，他从此将目光定格在战场上，摄影成为他批判战争的武器。正如他所说："照相机本身并不能阻止战争，但照相机拍出的照片可以揭露战争，阻止战争的发展。"

一九三八年，罗伯特·卡帕来到中国，在上海等地拍摄了大量揭露侵华日军罪行的新闻图片，但在赴延安采访途中因国民党当局阻挠未能成行。没能到中国革命的红色圣地采访，对他来说是一件憾事。但在这次中国之行期间，他拍摄了台儿庄战役、抗日救亡宣传、战争中的民众等，以及周恩来、蒋介石等人的肖像，让全世界了解到中国人民在抗日战争中的生存状况和精神呐喊。

一九四四年六月六日，诺曼底登陆战役打响，罗伯特·卡帕随首批进攻部队登上法国海岸，成为这一伟大历史时刻的见证者。在《失焦》中，他回忆了这次拍摄的全过程。凌晨四时，黑暗笼罩着大海，罗伯特·卡帕随盟军部队登上进攻驳船。船队刚刚抵达滩头，就遭到德军炮火的猛烈阻击，士兵们举着武器跳入齐腰深的海水，在浓烟滚滚的背景中穿越滩头障碍。罗伯特·卡帕取出康泰时照相机，打算拍下这惊心动魄的一幕。然而驾驶驳船的水手长却以为眼前的人是个犹豫不前的胆小鬼，抬起一脚将他踹进了冰冷的海水。子弹像雨点一样扫过水面，罗伯特·卡帕听到宛如地狱传来的惨叫声。他一边在漂浮的尸体间左奔右突，一边不停地按下快门。重新爬回一艘驳船后，惊恐加上疲劳，罗伯特·卡帕失去了意识……就这样，他再次成为新闻摄影界的英雄。不幸的是，胶卷送到杂志社后，一名激动不已的暗房操作员在烘干底片时加热过度，导致感光乳剂融化而毁坏了底片，一百零六张底片仅有八张被抢救出来。这当中最著名的一张照片是对盟军战士爱德华·雷根的特写。尽管存在焦点不准等诸多缺陷，但这张照片被公认为史上最杰出的战地摄影作品。爱德华·雷根匍匐在海水中的模糊身影，把战争的恐怖和死亡的惊悚毫无保留地展现出来……这里，摄影已经超越技术束缚，跃上艺术的殿堂。

一九四六年，罗伯特·卡帕与布列松、西摩等人在纽约组建梅根摄影通讯社，大批著名摄影家慕名而来。梅根摄影通讯社成立后，西方世界任何一个角落发生重大新闻事件时，现场都少不了梅根摄影通讯社记者们的身影。这些因为理想走到一起的艺术家们，用镜头中的炽热情感为新闻摄影开辟了新的时代。一九五四年，罗伯特·卡帕前往越南进行战地采访，留下生命中最后一幅作品——《越南的悲剧》。一颗地雷让年仅四十一岁的他永远留在了追梦之路上。一九五四年六月二十五日，美国各大报纸刊登了罗伯特·卡帕的死讯。第二天，《每日新闻》的大标题写着"罗伯特·卡帕之死"，赞扬他是最勇敢的战地摄影家。罗伯特·卡帕死了，但他的思想活了下来。沿着他的足迹，后来者更加勇敢地用镜头解剖人类的灵魂，他们大胆呈现战争和灾难的真实瞬间，拯救那些在黑暗中厮杀的人类。

米兰·昆德拉在《为了告别的聚会》中写道："我们无法忘记战争中孩子那双纯洁的眼睛。她静静面对从空中掠过时射击的战机，面对远处精确制导炸弹呼啸着划过城市的夜空，面对坦克车的炮火摧毁父母兄弟的家园，面对四散奔逃的人们在血泊中喘息与哀鸣……"每次读到这段文字，我的脑海中都会浮现出罗伯特·卡帕在硝烟中按动快门的场景。其实，摄影师与满怀良知的作家并无区别，他们都是讲故事的人。无数战地摄影师都渴望自己的作品能引领人们穿越人性的黑暗，从而为制止战争带来积极的影响。统计显示，全球范围内每天都有战地记者在工作中死亡，很多战地摄影师在作品尚未走向报刊时就已献出宝贵的生命。他们用镜头记录悲剧，自己却常常成为悲剧的主角。

罗伯特·卡帕憎恨战争，他的作品以强烈的情感真实记录了战争的恐怖和荒诞。在创作过程中，他始终关注生命在特定环境下的真实状态。那些惊惧的眼神、茫然的表情、呐喊的嘴巴、蜷曲的头发、佝偻的背影、中弹的瞬间……都被他准确而疼痛地呈现给世界。无论何时何地，只要翻阅罗伯特·卡帕的作品，你都会感觉到自己的心灵在轻轻颤抖。诺贝尔文学奖得主约翰·斯坦伯格如此评价自己的这位好友："罗伯特·卡帕不仅留下一部战争编年史，更留下一种精神。"

由于战地摄影的创作环境十分特殊，罗伯特·卡帕的作品从不追求光线效果和技巧运用，构图简单、画面凌乱、氛围局促……一切技术上的失败，对他而言似乎微不足道。他不仅大胆淡化技术因素，而且将这种淡化转变为独特的表现方式。他让人们明白一个道理——摄影创作不能迷信技术。只有建立在对世界的审视和思考之上，摄影作为艺术才有可能真正诞生。

随着摄影技术的普及和发展，"三分摄影、七分暗房"的观点广为流传。因此，底片中的世界时时刻刻都可能遭到粗暴干涉。今天，几乎所有摄影者都学会了干涉拍摄环节，比如拍摄战争中惨死的孩子时，他们会在孩子的小手旁摆上可爱的玩具。技术和技巧推动了摄影事业的发展，但也日渐成为制约摄影艺术发展的不利因素。人人写字，不见得人人成为书法家；人人张望，不见得人人发现了美。尽管摄影技术早已不再神秘，但优秀的摄影家和摄影作品依然凤毛麟角。当我们面对那些竭力寻求精良摄影装备、迷恋先进技术手段、追求视觉冲击和色彩表现甚于一切的摄影者时，重提罗伯特·卡帕和他的战地摄影似乎具有更加深刻的寓意。

我相信，罗伯特·卡帕不会成为一个蒙尘的词语，还会有更多忠实于摄影理想的人深切怀念这位传奇的摄影大师。因为，怀念罗伯特·卡帕就是怀念一种人格魅力，怀念一个渐行渐远的理想主义盛行的年代。

纪实摄影：历史的另一种存在

当陈小波女士将六年来完成的系列访谈文章结集出版时，她被自己的劳动成果吓了一跳。用她的话来说："我用很笨的办法做了一件事……如果再来一次，我绝对做不动了。"《他们为什么要摄影》共收录44篇访谈文字，内容涉及摄影者的人生命运、摄影历程和时代背景等。陈小波是国内资深的摄影编辑，她对中国纪实摄影的研究可以追溯至二十世纪九十年代。在这两本砖头般厚重的书中，陈小波以对话形式讲述了一个个鲜为人知的故事，使得人生、命运、生活、摄影等诸多词汇的内在联系变得异常复杂而又清晰明了。

在我看来，《他们为什么要摄影》不仅在谈论摄影，还在解读历史。陈小波在自序中写道："这四十多位摄影者的生命携带着历史，携带着摄影史。如果将来的摄影史研究者完成他的课题，能在这本书里找到依据……我就欣慰了，我就完成了。"陈小波深谙采访艺术，她的问话看似简单，却能在不经意间引出重要命题。被采访者沿着她精心设计的"路线"步步前行，不知不觉间显露性格、敞开心扉，直至一吐为快。

阅读《他们为什么要摄影》，我们发现中国当代摄影家的面孔竟然如此生动。通过这套文集，我们对王文澜的认识更加深刻——他有一种神奇的本领，能与拍摄对象保持既近又远的距离，相互亲近而无半点干涉；他长期捕捉社会各阶层日常生活的瞬间，诚实记录中国人的世俗生活场景。我们对贺延光的认识更加深刻——他的思维像刀锋般冷峻，他对社会、对历史的认识令人拍手称快，而他在摄影界的尊严和声望，正是源自他独特的人格魅力和责任感；他用数十年的实践证明：摄影师的作品比他的名字更重要。我们对邓维的认识更加深刻——他告诉我们：令人过目难忘的照片才算得上是好照片；活力永远是理直气壮的；被人信赖是天大的褒奖。我们对李振盛的认识更加深刻——他用胶片记录了一场持续十年的风暴，让那个集体失忆的时代重新回到人们的视野。我们对卢广的认识更加深刻——他不为任何宣传机构工作，只为脚下的大地和身后的百姓奔走，当多数摄影师的镜头保持缄默时，他的真诚、善良和勇敢是那么孤单而又令人敬畏。

　　在《他们为什么要摄影》中，我们还领略了一些摄影家的鲜明个性和惊人天赋。胡武功以诚实的方式记录关中乡村以及他所栖身的西安古城的变迁，为八百里秦川留下一部粗糙硬朗、原汁原味的视觉日记。于德水把目光锁定在中原大地，三十年如一日讲述乡村和农民的故事，最后谁也分不清他究竟是讲故事的人，还是故事的主人公。谢海龙是中国老百姓最熟悉、最热爱的摄影家，他用相机关注希望工程，那幅《大眼睛》让整个中国留下刻骨铭心的记忆。王刚有着令人难以置信的天赋和运气，拍照仅一年就荣获"荷赛"人物单幅二等奖，连作家余华都感叹："这个名叫王刚的商人以业余的方式开始摄影，又以业余的方式获奖，并且乐此不疲，因为他以业余为荣。"陆元敏是名副其实的另类，当人们羡慕其摄影语言有着惊人的控制力时，却鲜有人知道他长期使用价值数百元的照相机进行创作，而他总结的照相机使用之道更有趣——先拍自己，再拍家人，后拍朋友。

对军旅摄影家的访谈构成这套文集的独特风景线。柳军、王建民、张桐胜、线云强等军事新闻摄影人，他们具有军人和摄影人的双重身份，从硝烟弥漫的战场到国防科研试验第一线，从天高路远的边防哨卡到非战争军事行动现场，他们始终保持"在场"身份，记录下无数珍贵瞬间。柳军的战地摄影作品，使人们再次想起那场渐行渐远的边境自卫反击战，那些凝聚着热血和忠诚、超越死亡和恐怖的画面，令看到这些作品的人肃然起敬：战争虽已远去，但我们更应珍爱和平，不能忘记那些牺牲的英雄。王建民在三十余年的军事新闻摄影生涯中，记录了中国军队现代化进程中几乎所有的重大事件，"重大题材看得准、关键时刻冲得上、好新闻写得来"的信条使他始终扮演领跑者的角色。张桐胜拍摄的航天题材作品，连缀起中国航天科技发展的脉络图，见证了中国国防科技和武器装备的发展历程。线云强视摄影如生命，年复一年聚焦中国军人的情感世界和生存状态。此外，还有大批奋战在军事新闻摄影一线的人们，他们未能参与陈小波的访谈，但同样为历史做出贡献。正是因为这些军事纪实摄影作品的诞生，流逝的军旅岁月变得格外亲切，人们甚至可以进入画面与往事重逢。

从某种意义上来讲，《他们为什么要摄影》也是一部传播思想和观点的著作。陈小波对纪实有着深刻的理解。何谓纪实？在《现代汉语词典》中，纪实的意思是"记录真实情况"。二十世纪初，法国摄影家欧仁·阿特热提出纪实观念时还显得有些标新立异，然而人们很快就发现纪实二字携带着惊人的力量。纪实观念的诞生堪称摄影史上的一次思想风暴。从此，摄影的传播价值被迅速提升至前所未有的高度。客观地讲，摄影和文学十分相似，两者都是存活在细节中的艺术。摄影创作离不开对日常生活聚精会神的关注，一切瞬间皆有可能蕴藏着丰硕果实。因此，一幅纪实摄影作品，如果能做到不虚构、不夸张、不粉饰，用自己的视角客观记录这个世界，那么它就有理由受到人们的尊重。

他们为什么要摄影？这句充满探究意味的反问，引出了"何为摄影、摄影何为"的重要命题。纪实摄影的记录功能，使其具有独一无二的见证历史的作用。安塞尔·亚当斯曾说："不是每个人都信任绘画，但是人们相信摄影。"在我看来，这句话要成为经典还必须拥有一个前提，那就是摄影没有丢失应有的美德。今天，人们已经明白了一个道理——现实世界与摄影作品之间存在着某种微妙的距离，这种距离可以近得如同发生在眼前的事实，也可以远得如同一群骗子口中的谎言。而出现何种结果，取决于站在相机后面按下快门的人。

法国雕塑艺术家罗丹曾说："在艺术中，只有虚假的才是丑的。"对摄影而言，真实记录是对受众和历史的尊重。于是摄影理所当然拥有了神圣的理由，有志于此的人们常常在按下快门的过程中进行着内在的修行。读完《他们为什么要摄影》，我们不得不扪心自问：我们司空见惯的军事新闻摄影作品有多少配得上纪实的称谓？我们是否像那些视真实如生命的摄影大师一样创作过？我们对世界有多少理解，对人类有多少理解，对自己又有多少理解？

技术的进步，器材的普及，使人们恍如进入一个摄影的盛世。然而，推开喧嚣和纷扰，重新检视新闻摄影尤其是军事新闻摄影界的现状，繁荣的表象之下依然掩藏着诸多问题。我们不得不承认，在公开发表的诸多军事新闻摄影作品中，使用特殊焦段拍出的作品依然占据较大比重。事实上，当摄影者津津乐道诸如技术手段、视觉冲击力等辞藻时，恰是其创作思想尚未成熟的表现。而更为严峻的问题则是对摆拍的"创新"，衍生出诸如"摆中抓""形式感"等大行其道、贻害无穷的词汇，诱导很多军事新闻摄影者有意或无意地步入摆布现场、粉饰生活、篡改历史的歧途。作为摄影者，这才是生命中真正无法承受之痛。

陈小波在书中展示了一个事实——中国当代摄影人从未停止过积极

的探索和努力。对一个拥有十三多亿人口的国家而言，我们正身处前所未有的变革时代，大批优秀的摄影人和摄影作品不断涌现出来。然而，如果以更加宽阔的眼光进行审视，我们不得不承认，中国摄影家在世界范围内的影响力还需要进一步提升。这与人才队伍、摄影理念、批评理论、传媒现状等诸多因素有着千丝万缕的联系。虽然，我们已进入所谓的"读图时代"，但图片在传播中的地位还有待提升。诸如此类原因，使得传播摄影理念、介绍摄影作品、推广摄影文化的工作不仅迫在眉睫，而且任重道远。中国摄影依然在呼唤那些一腔热血、满怀理想、才华横溢的青年才俊。

陈小波在序文中自问：你具备与人言的修为和道行了吗？对生活在当下的摄影者而言，是不是也该自问一句：你具备记录历史的修为和道行了吗？诚然，我们还存在这样那样的欠缺；诚然，我们尚未获取恒久的自信。但面对逝者如斯的岁月，我们能任由历史在自己的眼前消失吗？或许，摄影者存在的意义，就是用手中的相机、用摄影的语言证明一个事实——历史，还可以如此存在。

爱其实是简单的

有一次路过西安时，在位于小寨的汉唐书城闲逛，无意间看到台湾地区作家刘墉的《爱不厌诈》。扉页上有这样一段自白："（刘墉）有一颗很热的心、一对很冷的眼、一双很勤的手、两条很忙的腿和一种很自由的心情。"冲着这句睿智而有趣的话，我当即买了一本带到南下广东的火车上看。当读到"爱不厌诈，它看起来虽是诈，发挥的却是爱；爱不厌诈，它不是恶意欺骗，而是以爱养爱、创造爱的双赢"这段文字时，我突然觉得人生中很多事情都暗合了刘墉的观点。

仔细想想，爱其实是简单的。因为你真正要做好的只有两件事情：一是巧妙地付出，二是愉悦地得到。如果你付出的是真诚，付出时的心情就是轻松和沉稳的；如果你付出的是伪善，付出时的心情就是焦灼和悬空的。你用什么样的方式给予别人爱，你就用什么样的方式得到别人的爱。一切都源于你的心灵，一切也将回归你的心灵。那些能够在尘世中历尽艰辛并最终愉快地获得爱情青睐的人，一定是因为懂得了爱的艺术。

恰到好处地付出爱、表达爱，是一门关于爱的伟大艺术。人们付出爱是源于一种灵魂深处的饥饿感——因为只有渴望爱的人才会付出爱，只有付出爱的人，才可能得到更多的爱。在抵达爱的过程中，有无数条小路通往梦想中的幸福。真诚的援助、善良的关心、温馨的牵挂，甚至是善意的谎言，都可以成为爱的必备良药。古人云："采玉者破石拔玉。"在付出爱的同时，我们完全可以放弃那些与真爱无关的顾虑。当我们满怀爱心去面对别人时，也许爱的种子已经播撒在更多的心灵中。我相信，爱的种子会生根，会发芽，只要有心灵的地方，都将出现葳蕤的绿荫。

入木三分地理解爱、辨别爱，是通往幸福人生的理想路径。很多时候，当我们在爱的面前错失良机时，不妨反省一下自身的原因吧。也许，我们对爱的理解还不透彻；也许，我们的胸怀还不够开阔；也许，我们的急躁和功利将原本清澈的双目蒙蔽了……历经红尘颠沛，我们才知道只有宽容的心灵能够迸射出爱的火花，只有柔情的灵魂能够抵达爱的彼岸，只有眼睛里装着春天的人能够品味爱的甘甜。"金石有声，不扣不鸣；箫管有声，不吹不声"。爱情的机缘再好，也需要不断捕捉爱的灵感、学习爱的技巧，也需要不断真诚地努力、勇敢地尝试。

在疲惫的现实中待久了，我们常常会在蓦然回首时醒悟过来。原来，爱与许多事情一样，本质上也是简单的。只有明白爱的智慧、懂得爱的艺术的人，才能在爱的路途上细水长流、峰回路转、柳暗花明、曲径通幽、举重若轻、笑对人生。

天　狗

　　十几年前，当作家张平写完《凶犯》这部人性与法律纠缠不清的小说时，并没有想到作品有朝一日会被改编成电影。尽管这部作品从出版之日起就受到影视圈导演们的注意，但由于作品题材比较尖锐，故事场景处在偏僻林场，始终没有哪位导演能找到理想的改编思路。十年时光弹指而过，就在读者们早已淡忘此事时，这部作品却奇迹般出现在银幕上。没有暴力与情色，没有豪华的演出阵容，没有富丽堂皇的场景……影片《天狗》成为国内电影市场上的一部独特之作。

　　《天狗》讲述了发生在一处偏僻林场中的故事。在老山前线参过战、受过伤、立过功的战斗英雄李天狗，转业后被安置到一处林场做护林员。影片讲述的故事就发生在李天狗任护林员的那段日子。这部充满批判精神的影片，通过讲述李天狗的故事抨击了社会和人性的阴暗面，同时也使人们看到，面对现实困境军人的本色意识会发生何种反应？我想，对李天狗而言，即使脱掉军装，他的骨子里依旧流淌着军人的热血，哪怕只剩下一个人，战斗同样可以打响！

一套军装究竟对一个人的命运能够产生怎样的影响？李天狗是一个普普通通的人，但他的骨子里流淌着军人的血液，这份军人情怀使他最终成为一位平民英雄。影片以两条线索推动剧情发展，讲述了主人公李天狗在被恶霸打伤后爬回山林取枪，再上山除害的完整过程。俗话说：靠山吃山，靠水吃水。在小山村，当地人长期依靠盗伐国家林木发财，在这个群体中孔家兄弟是祸害最甚的恶霸。李天狗要保护国家林木，孔家兄弟要盗伐林木，他们的矛盾注定无法调和。当李天狗成为孔家兄弟发财的绊脚石时，孔家兄弟开始使用各种手段拉拢李天狗，他们威逼利诱、费尽心机，直至恼羞成怒，展开丧心病狂的报复。在此期间，李天狗日复一日拖着残疾的腿，步履蹒跚地在林场巡逻。通过影片的叙述可以看出，那段穿军装的经历夯实了李天狗在困境中坚守的精神基石。如果不是因为那身绿军装，李天狗不会走上战场、落下残疾，更不会来到这个偏僻的林场。然而，李天狗毕竟来了，命运在他到达这里时就为他馈赠了那份穿军装的人生经历。对于有着英雄主义情结的李天狗而言，保护国家财产是自己的神圣职责，当恶势力将自己逼上绝路时，除了战斗他别无选择。

　　一次战斗究竟对一个人的灵魂产生了怎样的淬砺？在孔家兄弟的鸿门宴上，李天狗讲述了自己在战场上的往事。在那场让他落下残疾的战斗中，李天狗的几十位战友全都阵亡了。发起冲锋前连队指导员展开动员："小伙子们，对面的山头看清楚了没？那是谁家的地方？是中国的！山上的一草一木是谁家的东西？是中国的！好样的小伙子们，给我冲过去，把我们自家的东西夺回来！"就这样，一次震撼人心的冲锋打响了。李天狗在战斗中负伤晕倒，幸运地活下来。当几十位战友长眠在战场上时，李天狗以战斗英雄的身份凯旋。李天狗深深怀念牺牲的战友，一生一世，他忘不了他们。在李天狗的内心，这是一片净土，他像守卫阵地一样守卫着这片灵魂的高地。那段硝烟中的往事，犹如烙印永远留在他的生命中。如果李天狗向孔家兄弟妥协了，他可能也会过上富足的生活，但他无法忘记心灵深处的那片净土，那里长眠着他的战友们。当趋附于孔家兄弟的山民们切断李天狗一家的水源和电源时，他不但没有屈服，反而滋生出一种强烈的信念——一定要坚持下去！对李天狗而言，战斗可以打响一次，就可以打响第二次，他的生命已经走不出那场激荡人心的战斗了。

一种信念究竟对一个人的精神产生了怎样的支撑？在影片中有一个场景，李天狗带着儿子到林场巡山，他将不同的树木称为司令、军长、师长、团长、连长、排长、战士和小兵……当父子俩伫立在那棵"司令"树前时，他们陷入了静默。此时李天狗究竟想到了什么？我们只能猜想，这片林子折射着李天狗心灵中最美好的东西。此时的李天狗已经陷入生存困境，一家三口靠小卖部里的高价可乐维持生存。在此期间，他写给省林业局的汇报信，始终无法寄出。如果不是几位淳朴的乡亲千方百计将信送出去，李天狗最终会落入怎样的结局？我们不敢想象。为了拿到进城的指标，带着孩子离开林场，李天狗的媳妇被孔家兄弟诱骗、欺侮，她带着满腔的屈辱离开了李天狗。这时，孔家兄弟已经紧锣密鼓地酝酿着罪恶的计划了。他们设下圈套将李天狗打晕在村里，然后上山盗伐木材。李天狗落入了命运的最低谷。然而，一种信念支撑着他爬回了林场。这条洒满鲜血的罹难之路，也是他心灵的朝圣之旅。当李天狗跌跌撞撞回到小屋，摘下那支汉阳造步枪时，他再次成为战斗英雄李天狗！这一次，李天狗不再孤单，战友们的英灵与他同在。凭借信念的支撑，李天狗发起了冲锋……孔家兄弟被除掉了！这时回过头来看影片中的一个特殊群体——山民。山民在绝大多数时间内扮演着孔家兄弟的帮凶，他们切断李天狗一家的水源，帮着孔家兄弟打伤李天狗。甚至在李天狗被打伤后，当他敲开任何一家山民的门都讨不到一口水喝。看到这里，我的泪水流了下来，难道这就是现实中的人性？李天狗负伤后妻子回来了，这个充满晋地风情的女人，对昏迷中的丈夫说："狗子，你比他们都要牛！"然而，影片真正要讲述的显然不是李天狗的"牛"。当惩恶扬善的道义要靠一支近百年前的汉阳造步枪来承担时，自认为生活在文明社会中的我们还能保持内心的平静吗？

《天狗》取材于真人真事，李天狗的信念像不熄的火种，又传递到他的儿子身上……我想，李天狗在林场中顽强坚守的过程，也是他一步步走上灵魂高地的过程。浓郁的军人本色意识，构成了整部影片最鲜明的底色。于是，当我们在欣赏影片的过程中扼腕叹息、潸然泪下、拍手称快的时候，始终能够清晰地感觉到这份军人情怀的存在。这一切，令我们这些当兵的人激动不已。

让我们再次向《天狗》致敬，感谢它为我们呈现了一片军魂栖息的净土。我想，这也是作家张平在《天狗》试映时热泪盈眶的原因吧。

奥尔罕·帕慕克的书斋人生

如果有人要用一根针在大地上掘井，你一定会认为这个世界充满了荒谬。然而当荒谬变成现实，你只好惊叹奇迹再次发生了。以针掘井是土耳其成语，用来形容奥尔罕·帕慕克的写作恰如其分。这位几十年如一日在书斋中冥思苦想的作家，不但没有感到单调和乏味，反而乐此不疲、意犹未尽。当他站上诺贝尔文学奖的领奖台时，说出了一句心里话："独处书斋并非如人们想象的那样寂寞。"在奥尔罕·帕慕克的眼中，只有书斋才是作家心灵的华居，他把自己视为这所华居的主人。而我的小学语文老师也说过：作家只能诞生在火热的生活中。就像抗日战争时期的孙犁，腰里挂着两枚手榴弹和一只墨水瓶，在战场的边缘神出鬼没，在战斗的间隙奋笔疾书。在相当长的时间内，我和我的语文老师们一样，认为书斋只适合培养那些戴着深度近视眼镜、手无缚鸡之力、满口闪光真理的人。然而，当我的阅读伴随着人生阅历一路延伸过来时，我越来越真切地感觉到书斋对于写作的重要。因此，当听到奥尔罕·帕慕克对书斋的肯定时，我不但没有感到吃惊，反而再次陷入沉思。

在土耳其，奥尔罕·帕慕克可谓妇孺皆知。但写作上的成功并没有冲昏他的头脑。他清醒地指出："在贫穷的国家里，依靠写作是难以生存的。"其实，不仅在贫穷国家，就是在世界范围，依靠写作生存绝非易事。也许奥尔罕·帕慕克已经看到，许多人痴迷文学仅仅是出于对文学的误会，他们把功利目标寄托在文学上，以为只要成为一名作家就能飞黄腾达、平步青云。这种天真的想法如同美丽的肥皂泡，在一些人的内心匆匆破灭时，又在另一些人的内心匆匆出现。所以，奥尔罕·帕慕克一踏上文学道路，就要求自己摆脱那种庸俗的写作心态，做一名真正的理想主义者。他相信艺术信仰足以照亮前进的道路。相比之于父亲一辈在年轻时躲起来写作的行为，他更愿意大声说出自己的梦想。他在内心将自己认同为作家。尽管在现实生活中，人们习惯于隐藏自己的内心，甚至为此接受社会对自身的定位。但在奥尔罕·帕慕克看来，梦想就是一种不可阻挡的力量。所以，当人们在现实生活中对自身定位日益模糊时，奥尔罕·帕慕克却始终固执地提醒自己——我是一名作家。

写作不仅是奥尔罕·帕慕克的人生理想，也是他与世界对话的方式。他认为作家的使命就是讲述司空见惯却又无人深思的问题，通过发现、深化、传播，让读者看到世界竟是如此神奇。他不相信虚无缥缈的灵感，而是持之以恒地阅读和写作。在把内省转化为文字的过程中，奥尔罕·帕慕克用自己的执着找到了一片自由的精神空间。这使我想起作家余华的一段文字："没有一个作者的写作历史可以长过阅读的历史，就像是没有一种经历能够长过人生一样。我相信是读者的经历养育了我写作的能力，如同土地养育了河流的奔腾和树林的成长——二十多年来，我像是一个营养不良的孩子那样保持了阅读的饥渴，我可以说是用喝的方式去阅读那些经典作品……最近几年我开始用品尝的方式去阅读了。我意外地发现品尝比喝更加惬意。"也许可以这样理解，余华所揭示的阅读与写作的关系，正是书斋与作家的关系。一位作家在写作的道路上能走多远，与其在书斋中的修炼密切相关。出于这个道理，奥尔罕·帕慕克指出，作家要把自己的生活如同别人的故事娓娓道来，并从中感受语言的力量，就必须长年伏案、献身艺术、乐此不疲。奥尔罕·帕慕克相信，在任何一个时代，优秀作家都会选择远离市井喧嚣和红尘琐事，这样他们在书斋中就能拥有更多创作的冲动。

对于文学的社会功能，奥尔罕·帕慕克也有着深刻的认识和理解。在全球化浪潮席卷地球每一个角落的今天，人类面临的首要问题依然是贫困、饥饿和安全感。电视、网络、报纸等当代传媒在表现人类生存困境时远比文学更直接和快捷。奥尔罕·帕慕克认为文学探讨的不是大众传播领域的表层信息，而是人类心灵世界的隐秘变化。于是他走进书斋，开始了写作和思索。人类的生命困惑，尊严感的群体缺失，边缘感和自卑感，由此引发的自我否定，接近病态的心理敏感，义愤和偏激导致的受辱幻觉……奥尔罕·帕慕克似乎缓缓超越作家的身份，他要成为诊断人类心灵世界的医生吗？无人能够给出答案。但我们相信，奥尔罕·帕穆克已经发现并踏上了一条神秘的路途。

有人问奥尔罕·帕慕克为何要写作，他这样回答："我要写是因为我想写！我要写是因为我不能像别人那样干一份循规蹈矩的工作。"对于毕其一生在书斋中写作的人而言，最大的困难不是才华而是信念。只有敢于以针掘井的人才能攀上文学的顶峰。奥尔罕·帕慕克认为作家必须保持乐观心态，始于爱恨超越爱恨，最终才能抵达自由之境。在漫长的写作过程中，奥尔罕·帕慕克逐渐明白了一个道理——作家伏案写作的动因与其长年笔耕后创造的世界大相径庭。当奥尔罕·帕慕克第一次走进书斋时，陪伴他的是忧郁和激愤，几十年后他看到的却是一个超越了忧郁和激愤的世界。他在写作中获得了生命的平静。

当一个农民面对丰收的谷仓时，他首先感激的不是自己，而是大地、阳光和雨水，他感激命运胜过感激劳动。艺术家在创作中也会有类似心情。奥尔罕·帕慕克说:"在我为之付出全部生命的写作生涯中,最令我感到震撼的是,一些极为得意的句子、构思、篇章似乎不是出自我的笔下,而是另外一种力量的发现和赐予。"他已经感受到了,创作离不开光明和智慧的反复降临。也许,这不仅仅是书斋中的作家面对世界时的独白,也是所有作家都要认真体会的哲理。"当人们不约而同地把快乐视为生活尺度时,恰恰说明快乐的反面也是值得探讨的课题……"这就是一位作家心灵深处的声音。它究竟源自作家的使命意识,还是植根于作家的艺术良心?我们可以一直追问下去。但无论如何,我们都要感谢奥尔罕·帕慕克,感谢他能如此真诚如此热烈地对着人类和无所谓中心的世界倾诉。他的声音将穿越狭隘的书斋,像绵绵细雨一样,落入无数蒙尘的心灵。

以新闻为弓，以历史为箭，射中文学的靶心

　　何为非虚构写作？非虚构写作何为？作为一个新兴事物，近年来非虚构写作获得快速发展，呈现出崛起态势。事实上，相关类型的写作由来已久。关注现实、记录历史、传承思想、保留民族的集体记忆和个人记忆是中国文化的优秀传统，也是写作者们从未中断过的理想。非虚构写作出现之后，不断被人们拿来与虚构写作进行比较。包括《史记》在内的诸多经典作品并非站在虚构立场上，如果将其纳入非虚构写作的近亲或同类，那么任何在非虚构写作和虚构写作之间权重的探索者，都将难以判断文学天平的倾斜方向。

　　我最初注意到非虚构写作概念时心存偏见，以为这又是一种标新立异、授人以渔式的写作观。后来陆续读到被归入非虚构写作之列的部分作品，比如王树增的非虚构战争系列作品、阿列克谢耶维奇的作品等，又意外获悉彼得·海斯勒等外国人的中国报道作品取得了不小成功，而梁鸿的非虚构作品在产生广泛社会影响的同时也引发了争议。凡此种种，让我对非虚构写作有了更多关注、思考和认识。这时我才发现，非虚构

写作介入当下社会现实的方式充满时代气息，翻阅一些优秀的非虚构作品，即便只是浏览目录，也能立即觉察到其中蕴含的价值。不得不承认，非虚构写作在当下中国经验表达中具有重要的文学功能。带着舶来品气息的非虚构写作，事实上已经成为普遍的存在，而非虚构的概念为这种存在赋予了新鲜的时代特征和充足的想象空间。

非虚构写作在当下中国经验表达中可能会取代报告文学。非虚构写作与报告文学有着明显区别，前者是概念，后者是具体文类，前者比后者的内涵更丰富。报告文学是功能性和指向性鲜明的写作，它的存在构成了独特的文学景观，涌现过许多产生过深刻社会影响的里程碑式作品。但是在新时代的文化语境中，报告文学在传播领域分化得很厉害，来自现实世界的质疑和批评并非全都属于无稽之谈。比较非虚构写作和报告文学的来路，不难看出非虚构写作才是那个携带惊人能量和深厚学科背景的新事物。客观地讲，任何文学类型都应该随着时代的发展而进步，当历史学、社会学、人类学、新闻学等诸多学科对当代社会产生日益深刻的影响时，文学走上跨学科、跨文体的创新和变革之路已成为大势所趋。只有汲取更先进的思想、寻找更有力的表达、追求更鲜活的文本，才能编织出更具时代特征的文化语境和文学范式。今天，当非虚构写作蓬勃发展之时，报告文学却呈现出式微态势。报告文学面临着如何丰富和发展自己的问题，而非虚构写作或许可以视为这种丰富和发展的结果，是带着融合契机、应运而生、与时俱进的新事物。或许，报告文学投入非虚构写作的怀抱才会焕发出新的光彩。

认识非虚构写作的复杂学科背景，可以帮助人们更深入地展开思考。许多非虚构作品与历史学、社会学、人类学、新闻学等学科存在着深刻的血缘关系。在人类学领域，马林诺夫斯基开创田野调查的方式后，将整个学科从书斋和沙发带到了田野之上，学者们从此呼吸到新鲜空气。而非虚构写作也在通过类似方式将文学带进更加辽阔的现实。带着这种认知重新审视非虚构写作，总能发现田野调查和民族志的特征。为数不少的非虚构作品，似乎可以视为文学化的民族志，或是民族志式的文学作品。两年前，阿列克谢耶维奇获诺贝尔文学奖之后，我写下一句话："阿列克谢耶维奇以新闻为弓，以历史为箭，射中了文学的靶心。"或许，这句话可以用来形容更多的非虚构写作。

非虚构写作在当下遇到了一些争议，需要作家们消除困惑、奋勇前行。尽管无人质疑非虚构和虚构存在本质上的差异，但真实问题是否就是一条泾渭分明的鸿沟，让文学的版图出现楚河汉界，让两种写作从此分道扬镳、天各一方？非虚构写作崇尚真实理念，视真实如生命，因而具有记录历史的功能，但我们能否将非虚构写作简单地等同于真实，或者等同于历史呢？而虚构文学，似乎是想象力的产物，可是其源头活水依然出自现实世界，被叠加和浓缩的故事，同样在记录一个时代，同样展示了另一种真实。任何写作都是主观与客观的结合，不管非虚构还是虚构，或许都不应该以揭示某种真相为创作准则，因为真相的面孔总是在变化之中。无论是中国人写下的当下中国，还是外国人写下的当下中国，都是从个人经验和视角出发，对特定区间内社会现实的关注，这种关注的最大意义或许在于记录了什么，而不是揭示了什么。非虚构写作和虚构写作之间有对立也有融合，虚实共存，彼此呼应，文学的版图才能保持平衡。我们可以理解新闻稿件中出现的化名，甚至为了传播需要而隐匿时间、地点等关键的"W"要素，那么非虚构写作中出现类似的写作策略，似乎也有理由持以宽容之心。从这个意义来说，评论界对梁鸿作品的批驳似乎略显鲁莽和冒失。毕竟，"写什么"和"为谁写"才是真正要紧的事情。如果作品存在着彼岸，彼岸站满了读者，相信所有读者都可以心领神会。

涌动在非虚构写作体内的新鲜血液和激情，正吸引着文学阵地上的有志之士们拥抱新事物、迎接新挑战。在非虚构写作领域，一定会涌现出更多富有生活气息、时代特征和精神追求的经典之作。

文学从不遮蔽众生的表情

在鲁迅文学院第三十三届中青年作家高研班的首次集体研讨中，我提到过阿列克谢耶维奇和梁鸿。那次的话题尚未聚焦到作品上，大家围绕非虚构的发言显得信马由缰、五花八门。现在面对两部作品——《我不知道说什么，关于死亡还是爱情》和《出梁庄记》，我们究竟看到了什么？非虚构写作关注现实、洞察社会、记录历史等特征已经广为人知，从探究概念到解析作品更像是加深这种印象的过程。靶子竖起来，问题接踵而至——如何在阅读中发现并命中目标？目标是否真的存在？这些我都说不明白，只能将阅读中的所思所想记录于此。

先看《我不知道说什么，关于死亡还是爱情》。阿列克谢耶维奇在这部作品中以口述历史的方式，对发生于一九八六年的切尔诺贝利核泄露灾难进行了书写。这场已经成为历史的灾难正在被人们遗忘，但阿列克谢耶维奇的批量采访传递出更多信息——灾难没有结束，其危害绵延至今，其影响指向未来。科技不断改变人类的生活，核技术更是将人类带入崭新的时代，但人类在缔造文明的同时也种下了恶果。灾难尚未消除的部分，有残留在幸存者身上的辐射，也有在那个受污染的世界里延续着的骇人生活，而弥漫在受伤害心灵中的影响则无法统计。书中写到仍有大约二十吨核燃料被石棺封在四号反应炉炉心，石棺从一开始就存在裂缝，已经发现超过两百平方米的漏洞和裂痕，一旦崩塌后果不堪设想。人类社会发展和个体命运一样，总是好了伤疤忘了痛，因此从灾难中汲取教训就显得意义深远。阿列克谢耶维奇在书中展示了一位作家的历史观，她在后记中写道："我看遍了他人的痛苦，但在这里我和他们同样是见证人。这个事件是我人生的一部分，我就活在其中。"作家关注历史，不是为了回到过去，而是为了走向未来。或许正是从这个意义出发，阿列克谢耶维奇才相信"书中的人已经见过他人未知的事物。我觉得自己像是在记录着未来"。

再看《出梁庄记》。这部作品是《中国在梁庄》的姊妹篇，梁庄不是乌托邦，古老的农耕意象随着中国城市化进程的快速发展而支离破碎，几乎所有村庄里的青年人都在走向城市。梁鸿写下了梁庄人在时代洪流中漂泊于人间的故事。茫茫人海中的众生万象、悲欣交集，让梁庄人的背影成为当代中国社会影像的重要组成部分。将近三十年中，梁庄人外出谋生的足迹几乎遍布全国各地，有些还远赴异国打工。只需要看一眼梁鸿写在全书前面的话和书中主要人物的表格，沉甸甸的现实就会扑面而来，顿时可以感觉到这是一部呕心沥血之作。事实上，阅读这部作品的过程也不轻松。一座村庄在被踏上远行之路的农民们抛在身后的同时，也被其养育过的儿女们带向远方。从经度和纬度上寻找，确定梁庄在哪里或许是困难的，但在人心深处、天地之间、五湖四海之内，梁庄的影子又似乎无处不在。梁庄人的背影，承载着这个社会太多沉重的话题，梁鸿记录下一个"如此欢乐又有着哀愁的中国"。面对村庄，所有人都明白不可抗拒的时代和命运正在到来。梁鸿在后记中写道："哀痛和忧伤不是为了倾诉和哭泣，而是为了对抗遗忘……我们的生活、我们的社会还有希望。因为我们还没有使自己完全熄灭。"

农业文明已经无力重返历史舞台的中心，但农业文明依然还在延续，村庄并非全然沦为绝望之地，大地上的丰收还在年年岁岁如期上演。我们更不能否认农村的发展，当几十万台大型农业机械出现在收获季节的大平原上时，我们也会为这史诗般的场景而激动。但是，文学不会因此而遮蔽众生的表情。书写农村发展中出现的问题，不是与时代潮流背道而驰，而是作家情怀与担当的使然。为人民写作就是要关心苍生疾苦，这是文学的大义，更是政治的大义。受此影响，我也想到自己的故乡，那个西秦的村落同样在时代大潮中享受着发展，也体验着阵痛。这些年每次回到故乡，我都能发觉急遽变化的村庄正在颠覆童年的记忆。公路像动脉延伸到每一座村庄，互联网和手机终端已经成为无孔不入的神经，农业科技的发展已经改变了"日出而作、日落而息"的秩序，农民在耕作上的负担减轻了，崭新的农舍像雨后春笋般出现……恍如一切都在朝着美好的方向发展。然而，这一切并不能遮蔽另一种惊心动魄的真实存在，比如村里唯一的小学已于几年前关闭了，再也听不见校园里上课的铃声，再也听不见孩子们朗朗的读书声。春天里，没有大面积盛开的油菜花，随着绿化树种的推广，馥郁的槐花香气也消失了，那些追逐花期的养蜂人几乎绝迹。那个听觉中的春天永远停留在怀念中，仿佛属于一座村庄的梦想和希望也随之陷入寂静。随着大批年轻人外出打工，送葬的队伍也难以凑齐抬棺的壮年，先人们的灵柩在拖车上走完尘世的路途，再也不能享受八抬大轿般的尊严和风光。因此，言及故乡我只能寥寥数语慌忙打住了。

另一方面，阅读这两部作品之后，我们很容易受到触动和启示。土耳其作家奥尔罕·帕慕克在《伊斯坦布尔：一座城市的记忆》中，写下"我依附于这个城市，只因它造就了今天的我"。回望来路，我们不是身处农村，就是身处城市，城市和村庄同样造就了今天的我们。阿列克谢耶维奇的作品无一例外以苏联时期的历史事件为对象，但她总能通过正在进行的采访整合过去、现在和未来。她深谙口述历史的秘诀，让倾诉成为作品直抵读者心灵的通道。谁也不会因为故事发生在另一个国度而漠然，相反大家都会感觉到作品与自己的生活存在关联。梁鸿的作品距离我们的生活更近了，读完《出梁庄记》就能更清醒地认识非虚构作品打动人心的原因。候鸟一样往返于城市和农村之间的何止梁庄人，整个时代都充满了漂泊的意象，中国农民的爱情、婚姻、劳作、梦想等，全都打上醒目的时代烙印。归属感的缺失，放大了茫茫人海中的寂寞和不安。当我们的社会充满诸如此类的情绪时，作家为时代发出的声音就显得格外重要。当速度和繁荣成为一个时代最显著的标志时，作家既要为中国速度鼓掌喝彩，也要关注众生的表情是否被阴霾遮蔽。

生逢伟大时代，加入呼唤新史诗的行列才是作家最重要的使命。在首都文学界学习贯彻党的十九大精神座谈会上，铁凝主席谈道："在这个伟大的时代，文艺不能失语，文艺工作者须时刻牢记历史的使命和责任。"她强调文化自信既依靠伟大传统，更面向时代、面向世界、面向未来。文学照亮生命的过程，也是勘察人间、呵护真理的过程。年轻的历史学家尤瓦尔·赫拉利在《人类简史》的结尾写道："拥有神的能力，但是不负责任、贪得无厌，而且连想要什么都不知道。天下危险，恐怕莫此为甚。"在辽阔的现实中，如果将创作局限于乌托邦式的浪漫和诗意，如此在场虽不能以犯罪来形容，但也仅仅不是犯罪而已。

我们受到的启示还包括更多内容。比如当我们沿着这种启示伸展文学根须时，总能感觉到来自现实世界的神秘力量，像万有引力一样让我们身处意义的摇篮。我们不得不重新思考作家应该具备怎样的情怀、勇气和理想。或许，智慧、勇气和灵感总会额外眷顾真正的非虚构写作者。获得这种有如神助的文学力量之后，我们才不会为"写什么、怎么写、为谁写"而烦恼，不必担心自己的文字沦为无病呻吟，更不用独上高楼为赋新词强说愁了。

寻找文学的母亲

作家的成长道路总是与阅读历程密不可分，那些帮助写作者找到叙述秘密的经典作家，常常被后来者称为文学的父亲。现实生活中任何人都是既有父亲也有母亲，文学世界中也同样存在类似情形。当我们回望来路，文学的父亲总是站在经典作品一侧，而文学的母亲却漫步在阅读视野之外，只有通过一次次思索和寻找才能与其重逢。

对于汉语写作者而言，该如何寻找文学的母亲呢？学生时代，我对台湾地区文学的了解是从三毛开始的，那时我还是穷乡僻壤中的小男孩，在旧书摊上用几毛钱买到了三毛的一本书，读到了倍感陌生又异常精彩的故事，同时被她的叙述才华所吸引。三毛写到在课堂上偷看《红楼梦》，看到宝玉在雪地里跪下拜别父亲贾政时，一僧一道突然上前带着宝玉飘然而去。三毛写到这个告别的场景让她很多天回不过神来。我一直记着三毛的这段文字，等我后来也读到这个结尾时，突然意识到宝玉从如梦人生中抽身而去的过程，其实充满着释道儒多元文化的哲学纠缠。一左一右带走宝玉的是释和道，留下贾政这个儒继续面对纷纷扰扰的现实，继续去解决没完没了的人生难题。许多古老文明都曾中断，中华文明能够延续至今，或许正是因为这种多元文化的哲学纠缠在带来自身重重矛盾的同时，也带来了前进的动力。

等到我读初中之后，又得到一本像砖头一样厚重的台湾地区作家小说选，这本蓝色封面的旧书至今保存在我故乡的一口木箱子里。书中收录了柏杨、林海音、白先勇、七等生等大批作家的作品，他们写下的故事在我的心头留下过惊异。这种惊异与阅读俄罗斯文学、欧美文学、拉丁美洲文学的经典并不相同，因为我知道这些在中国大陆之外用汉语写作的作家，展示出来的现实与我们经历的生活不同，但在情感上又很相似。等我慢慢长大了，回忆起小时候这些阅读的体验，已经明白出现在台湾地区作家笔下的喜怒哀乐，不仅是一座岛屿的特产，也是同一种文化语境下可以共鸣的情感。

我记得读大学时，林清玄、龙应台等作家都曾在西安和我的母校进行过文学演讲，学生们看到台湾地区作家显然比看到大陆作家更具好奇心，大礼堂内总是挤满了学生，提问的人争先恐后。我们在课堂上也接触过白先勇等人的作品，对他的成长历程很感兴趣。那时同学们之间经常有讨论，认为在汉语写作的版图上，中国传统文化在某些地理位置得到了很好传承，而在另一些地理位置上发生遗失。过去了这么多年，当我回头看自己二十岁时与同学们争论过的这些话题时，不得不付之一笑。在汉语写作的版图上，每一个角落都存在着传承，每一个角落都存在着遗失，中华文化就是在这种传承和遗失中绵延至今。

一个月前，四位来自加拿大的华裔作家也成为我们在鲁迅文学院的同学，她们在远离中国的大洋彼岸，每个人在生活中讲述着流利的英语，写作时却坚持使用中文。与他们交流时我意外得知，台湾诗人洛夫、大陆作家古华等，都在加拿大生活，他们依然坚持用汉语写作。古华的《芙蓉镇》曾经及时回应了时代问题，体现出对时代发展的杰出洞察力，他们笔下的现实让读者深受震撼，塑造的人物令人难以忘怀，我至今记得《芙蓉镇》里的李国香，尽管她属于一个我尚未出生的年代。我想，这恰恰说明了一部经典作品的魅力，它所塑造的形象不仅仅包含了某种社会经验，而且具有延续其生命力的影响。这种情形，就像吴敬梓在《儒林外史》中思索读书人的命运和出路问题，给我们留下难以忘记的"范进"形象；就像曹雪芹在《红楼梦》中发出过的人生如梦的喟叹；就像贾平凹在《秦腔》中写下轰然垮塌的山体吞噬了那些充满象征意味的事物；就像迟子建在《群山之巅》中写下的小人物身上的巍峨。诸如此类，不胜枚举，都是中国经验的文学呈现。而在今天这样一个新时代，中国速度给社会的方方面面带来深刻影响，我们的生活也在发生诸多变化。来福建之前，鲁迅文学院还举办了一次中外作家对话活动，我们有幸现场聆听了九个国家的作家发言，意识到重新发现中国正在成为一种潮流。从历史的维度来看，融合已经成为时代发展的主流，也代表着汉语写作的未来和方向。

越来越多的人认识到，在全球化背景下探讨中国经验与汉语写作，拥有开放的视野、包容的态度是多么重要。今天，全球化浪潮的中心已经移动到世界东方。台风中心往往会保持着安静，这种安静仿佛携带着某种巨大的力量，让文学也产生了耐人寻味的张力。杯中之水，无论施以何种魔法，都不可能掀起震撼心灵的波澜。在今天这样一个新时代，作家们需要思考的问题不仅仅是目力所及之处的现实。

莫言曾经说过："文学教人相爱。"所有的汉语写作者都要在汉字的星辰大海中同舟共济，只有增强我们的文化自信，才能在文学的星空下迎来汉语写作的一个又一个黎明。而黎明的寂静之心、欢喜之心，也将提升我们的人生，我们会因此变得更加从容。对汉语写作者而言，作为一个文化共同体，我们更能读懂彼此作品中的喜怒与哀乐、美丽与忧愁。文学不仅证明了我们之间存在着深刻的文化血缘，也促进了彼此的精神对话。地球上任何一道海峡，都是作为人类的交流通道而存在。海峡不是隔阂的象征，而是联系的纽带。

在水一方，中华文化是我们共同的文学母亲。无论我们从哪些文学大师的作品中汲取过营养，最终要进行的依然是汉语的表达。任何汉语写作都不是孤立存在的现象，而是在中华文化的怀抱中保持着千丝万缕的联系。我们相信文学的力量，可以让中国经验成为历史的另一种存在，并且帮助人们在茫茫人海中消除孤单、保持平衡。而文学之光，照亮的不仅仅是我们的人生，还应该包括一个更加宽容、美好的世界。

（本文整理自二〇一七年十一月三十日鲁迅文学院第三十三届高研班与海峡青年作家班在福建厦门"弘扬中华文化，重溯文学经典——中国经验与汉语表达"文学座谈会上的发言。）

提高现代文阅读和写作成绩的金钥匙

陈海强作品
阅读试题详析详解

一八八九年春天的高尔基

一八八九年春天，俄国察里津火车站的守夜人高尔基辞职了。

他带着一个写满诗歌的本子和少得可怜的一点积蓄，要去拜访一位远在莫斯科的陌生人——列夫·托尔斯泰。察里津与莫斯科之间是曲折漫长的、一千多俄里的路途，有高山，有峡谷，有河流，也有雪原……但二十一岁的高尔基内心燃烧着理想的火焰——他必须找到列夫·托尔斯泰。因为在年轻的高尔基看来，列夫·托尔斯泰是唯一可以修改自己的长诗《老橡树之歌》的人。

莫斯科。

列夫·托尔斯泰。

高尔基在内心呼喊着。他上路了。

这个时候的察里津春寒逼人，处处是冰天雪地。尽管年轻的高尔基有执着的信念和无畏的激情，但他还是很快就感觉到了巨大的压力。衣食住行都没有保障，身上的积蓄很快就一无所有了。站在寒风中，高尔基清澈的眼睛中泛起一丝阴影。他仿佛听见察里津火车站的工友们朝着自己喊"快回来吧，你会冻死在路上的""就算不冻死也会饿死的""你是找不到那个大人物的，他不会见你这个穷小子"……

高尔基眼圈泛红，但他的泪水没有流下来。

在冰天雪地的尽头，一定会有温暖的春天！高尔基坚信自己能够走到阳光明媚的莫斯科。他不再彷徨，不再忧伤，一边省吃俭用，一边沿路打零工，有时候上午给人家搬东西，下午就开始赶路。在种种磨难中，高尔基始终坚定一个信念——要走到莫斯科！就这样，他一路上经过了波里索勒列斯克——塔波夫——梁赞——图拉——莫斯科。当他鹑衣百结地出现在莫斯科街头的时候，人们只是以为这个城市又多了一个年轻的乞丐。

只有高尔基自己知道，自己不是乞丐，而是来拜访这座城市最伟大的人物——列夫·托尔斯泰。然而在走遍莫斯科的大街小巷之后，高尔基吃惊地发现，竟然没有一个人知道列夫·托尔斯泰住在什么地方，甚至人们根本就没有听说过莫斯科有一个名叫列夫·托尔斯泰的人。高尔基的心头闪过一个可怕的预感——列夫·托尔斯泰根本就不在莫斯科！

这一年的春天，高尔基果真没有见到列夫·托尔斯泰。

在春天快要结束的时候，高尔基原路返回察里津。不过在返回察里津的路上，俄罗斯的大地上已经是春光烂漫、鸟语花香，高尔基内心洒满阳光，他被一种巨大的幸福包围着。在这次长途跋涉的过程中，他接触到了俄国下层人生活的方方面面，真实地感知到这个民族在平静的外表下暗藏着火热的斗争的激流。他耳闻目睹的这一切，已经为日后的写作打下了坚实的基础。

几年之后，高尔基开始发表小说，很快成为实力非凡的作家，并且最终成为闻名世界的艺术大师。

很多时候，取得成功不一定需要卓越的才华、相当的出身和充足的经济条件，只要有激情，有执着的信念，有不懈的努力和勇于跋涉的双脚，一切都有可能。说到底，只要拥有年轻和勇敢的心，一切都有可能。

一切都有可能！高尔基在一八八九年的春天已经证明了这一点。

1. 年轻的高尔基在察里津火车站从事什么工作？他为什么要去拜访列夫·托尔斯泰？

2. 高尔基在去往莫斯科的途中遇到了什么困难？是什么支撑他来到了莫斯科？

3. 高尔基前往莫斯科时春寒料峭，返回时已是春光烂漫，作者强调这种季节的变化有着怎样的寓意？

4. 如何看待高尔基年轻时这次有如历险的漫游？你从中领悟到什么人生哲理？

参考答案：

1. 年轻的高尔基在察里津火车站做守夜人。他要到莫斯科拜访列夫·托尔斯泰，是因为想让列夫·托尔斯泰修改自己的长诗《老橡树之歌》，期望得到指导。

2．严寒的天气，随身携带的费用很快用完了，衣食住行全无着落，不得不一边打临工一边赶路，差点死在途中。高尔基依靠理想信念的力量和顽强的生存能力来到了目的地。

3．寓意年轻的高尔基走出了生命中的寒冬，进入像春天一样充满希望的季节。

4．这次漫游确实充满了狂热和历险的成分，但说明了年轻的高尔基敢于为理想采取行动且不畏艰难困苦。从这个故事可以领悟到，任何人都不可能随随便便取得成功，要成就一番事业就必须及早树立目标并且勇敢地付出行动。

戎装笔记

军容镜在连队的走廊里闪闪发亮，你在镜子里看到了自己穿着戎装的形象。你的形象发生了翻天覆地的变化。草绿色的作训服衬托着棱角分明的脸，曾经草木般疯长的头发变成了安静的草坪。你想起战士应该有威风凛凛的仪态，肌肉是刀砍斧削的那种，意志要用钢铁才能形容，走起路来起码要像《士兵突击》中的许三多和他的战友们才行啊。于是你对着镜子扮一个冷漠的表情，又像老虎那样张一下嘴。你想让目光变得灼灼起来，可是你遗憾地发现自己的眼神还是昔日的眼神，它们依然无法抗拒地透露着顽皮和稚气。这时战友们换好军服挤过来照镜子，他们边挤边嚷："你干吗像猫一样龇牙咧嘴啊！"你只好哼的一声走开了。

大家开始讨论穿上军装是比以前更帅了还是更丑了。什么样的观点都有，争执不休，于是纷纷问班长。班长先说了一个字："丑！"接着说了三个字："丑小鸭！"然后做个鬼脸离去了。排长却突然走进来，大伙儿又问排长。排长笑着说："丑小鸭都有机会变成白天鹅！"你们呵呵地笑了，但身子保持着立正的姿势。你开始在内心喃喃自语："相信自己！"你不再关心头发是否理得太短，不再考虑脸上是否出了青春痘，你就这么朝气蓬勃、英姿飒爽地活起来。你体会到帅的本质就是精气神。你发现穿上军装后自己的精气神一天天熠熠生辉了。

听说要跑五公里，你的心顿时怦怦狂跳。入伍时同学提醒你，新兵就怕跑五公里，要是跑不动就得腰里系上胳膊粗的麻绳，老兵开着摩托车在前面拽，班长拎着木棒在后面撵着打。这会是真的吗？你跑得并不慢，而且参加过学校的运动会，可是三脚猫的功夫在军营算老几？你的心七上八下。于是，听到口令后你一马当先地冲出去，路面的石子被你踢得嗖嗖乱飞，道旁的树木风景哗啦啦往后退。你听到班长们此起彼伏的吼叫声："跟上！快跟上！"你的脑海中跳出可怕的画面，心想今儿横竖是拼了，于是啊的一声吼，脚下顿时生了风。最终，你汗流浃背地冲过终点，你知道自己跑进了全连前三名。你激动得像跳蚤一样蹦起来，目光不停地搜寻着班长，班长却没有跟上来。难道班长比自己跑得慢？几分钟后班长在队伍的最后面出现了，他满头大汗推着一个"新兵蛋子"朝终点赶来了。刚过终点，"新兵蛋子"就扑通一声坐在地上喘起粗气。班长憋着红脸蛋将他拽起来，又将他的胳膊搭在自己肩膀上一圈一圈地走着。这时你又想起入伍时同学的提醒，忍不住笑得前仰后合了。

入伍的第一个周末，你突然想起"不想当将军的士兵不是好士兵"的格言。你参军的时候一腔热血、满怀激情，但你只想到了站岗放哨、保家卫国，最多也只是幻想了一下与敌人枪战的情形。你竟然从没有想过当将军！哎，如果当初多想十分钟说不定就能想到当将军的事情呢。你有些懊悔了，可是懊悔又有什么用呢。难道你因此就成不了好士兵？想到这里你有些不安了，偷偷看一眼身后，班长并不在。身后只站着连队的狼狗虎子，虎子冲着你说了声"汪"。莫非这家伙看出了什么？反正狗又不会告密。你哼着"日落西山红霞飞"扬长而去了。

那个夜晚你梦见自己在雪地里站岗，梦见自己被风吹得摇摇晃晃，冻得瑟瑟发抖。这时母亲抱着一件大衣走过来，你顿时被融融的暖意包围了，你扑进母亲的怀抱……这时你却突然醒过来，你看到排长正弯腰给你盖滑落的被子。排长轻轻按了你一下，又去挨个检查别的床铺。你从小就睡觉不踏实，常常一睡着就把被子踢到地板上，害得母亲总是半夜起来给你披被角。五大三粗的排长竟然像母亲一样关心和照顾自己。你用被子蒙上头，泪水哗哗地落到枕巾上。后来你才发现，排长每夜都要起来好几次，检查战士们的被子是否盖好了。一天晚上排长查哨回来直接就睡了，并没有给你披被角，你竟然因此失眠了一整夜！

你发觉新兵连的战友们由丑小鸭向着白天鹅转变了。在那天的四百米障碍考核中，所有新兵都像老兵一样矫健地越过了道道难关；在全团的集会上，新兵连的士气最高昂、歌声最嘹亮，拉歌时的山呼海啸完全压倒了老兵连；接受检阅那天，新兵连的战士们行如风、立如松、坐如钟，主席台上的首长们纷纷投来赞许的目光……当首长们看到生气勃勃的新兵连时，他们会不会想起自己生命中的那段美好时光呢？那天你清楚地看到，一位首长为

6

新兵连起立鼓掌时眼角流出了泪水。

天下没有不散的筵席。你知道三个月后新兵连就要解散了，战友们将分配到不同的单位。你开始担心起来。你该如何接受这个不可避免的结局呢？你明白新兵连就是军营的花朵，岁岁年年，花开花落。那一天必将来临。那一天，新兵连的战友们会豪情万丈地吼起军歌，泪流满面地紧紧拥抱。你现在不能再想下去了。你的鼻子酸了，眼睛在泪水中沉浮。你问自己："走出新兵连就意味着走向成熟吗？"你相信自己已经是一名真正的战士。你正在一步步成为儿时梦想中的那个人。你还知道春天就要来了，你的生命就要融入绚丽多彩的季节。入伍前你在一份文学期刊上读到过一组诗，你记住了其中的一句话："军营是一座巨大的摇篮，我们都将从她的怀抱走向成熟。"你觉得这句话就是说给自己的，但你想不起这首诗的作者是谁，也不知道作者在什么时候写了这首诗。那么现在我就告诉你吧：我就是这首诗的作者，这首诗是我在离开新兵连的那个晚上写下的。

1. 这篇文章在叙述中采用了第二人称，你感觉这种方法有哪些好处？

2. 作者在文中写道"你们呵呵地笑了，但身子保持着立正的姿势"，这句话想说明什么情况？

3. "一天晚上排长查哨回来直接就睡了，并没有给你掖被角，你竟然因此失眠了一整夜！"作者笔下的"你"为什么失眠了一整夜？

4. 作者在文中说"军营是一座巨大的摇篮，我们都将从她的怀抱走向成熟"，谈谈你对这句话的理解。

参考答案：

1. 在这篇文章中，作者采用第二人称进行写作，可以增强文章与读者的交流感，更容易让读者进入一种身临其境的状态，从而产生更细腻的阅读体验。

2. 这句话通过细节刻画说明了新兵入伍后还有一些生涩和拘谨，同时也表现了新入伍战士单纯可爱的形象。

3. 因为每天晚上，排长查哨回来都会挨个检查战士们有没有盖好被子。自从"你"发现了这个秘密之后，就产生了某种心理变化。

4. 军营让一个人得到了锻炼，学到了很多东西，变得坚强乐观、富有责任感，从而获取了心智的成熟。

月亮湖记

车子在腾格里沙漠边缘的戈壁滩上持续颠簸着。风呼啦啦地从耳畔卷过，起伏的沙丘如金色巨蛇向后掠去。有人问："我们这是去哪里啊？""月亮湖！"不知是谁的声音在回答。月亮是挂在天上的，是夜晚的美神，我们的祖先仰视过，我们依然在仰视。而湖是大地的含情之眼，向来令人怦然心动、浮想联翩。那么月亮湖是什么？是一弯弦月幻化为女子在大野中的水泊里沐浴？还是湖如弯月在寂然的沙漠中证明着造物的神奇？大家似乎都已相信，月亮湖三个字的背后潜藏着无穷的美好，所有人开始躁动不安，如雀聒噪起来。

路像一根好看的带子蜿蜒着飘入沙漠，又如一缕轻烟在天地间扭来扭去，倏忽消失了。于是我们全都下了车，环顾四周，果然已被沙漠重重包围，只有贺兰山的影子还在隐隐指示着方向。要去月亮湖，就得从这里换车。我们爬上一辆改装后的越野车，司机回过头来问："坐稳了吧？"我们抓紧了身边的栏杆和座椅。于是车子原地发动起来，轰隆隆响了半天，才小心翼翼地开出去。行不到几百米，就出现横七竖八躺卧的沙丘，车子压低声音吼起来，然后往坡顶缓缓爬去。有人尖叫："再爬车就翻了！"一片嚷嚷声中，车子却一鼓作气爬到沙丘的顶端。众人一脸释然的表情，大口喘起气来。然而尚未回过神来，车子便一个猛子从沙丘上扎了下去。我抓紧身前的座椅，眼睁睁看着百余米深的沙丘底端。所有人不约而同张大嘴巴尖叫起来。与其说是车子往下滑，不如说是车子往下坠落。我们就这样胆战心惊地向着沙漠的怀抱坠落下去。

　　接下来翻越了多少座沙丘，无人能够记清。但大家都知道，我们正朝着沙漠的腹地挺进。当车子终于平稳下来时，一位女同事吧嗒吧嗒掉起了眼泪。抬头四顾，我们已被沙漠包围了。远远近近全是沙丘，看不出有什么区别。往身后看，贺兰山的影子也消失了，天空如一顶淡蓝色的帐篷笼罩在我们头顶。哪里是北？哪里是南？问谁谁摇头。有人担忧起来："可别迷路了！"有人掏出手机说："大不了打电话求救……"话音未落却又惨叫一声："手机没信号了！"大伙儿开始骚动不安，唯有司机不动声色。有人问司机："迷路了咋办？"司机挠挠头说："路在我心里。"大家将信将疑地看着这个敦实的当地人，不再追问了。

　　远远地，一片开阔地出现在我们的视野。车轮在柔软的沙子里扭来扭去地开着，车上的人恍如坐着八抬大轿，晃晃悠悠向着目的地靠过去。近了。近了。但湖却依然不见踪影。在一排木头栅栏前，车子嘎吱一声停下来，我们跳了下来，尚未站稳便有热情的蒙古族同胞捧着哈达迎上前来。现在，我们终于相信自己到达了目的地。

然而月亮呢？湖呢？我们热切地张望着，一座布满胡杨的沙丘就在这时闯入眼帘。曾经在书上读到过，胡杨是沙漠里的神树，生时千年不死，死后千年不倒，倒亦千年不腐。这多少是有些夸张的说法，但作为最古老的杨树树种，胡杨之所以受人敬畏，就在于它与生俱来的强大生命力。眼前的这些胡杨，却都是死去的。它们的确未曾腐烂，被人们搬运至此堆砌成墙，意在告诫后人：就算是荒凉死寂的地方，也曾有过繁花似锦的生命盛景；就算是繁花似锦的地方，也可能沦为荒凉死寂的所在。而在交替更迭的历史背后，人类对自然环境的保护意识却需要培养起来。

我的内心涌上一阵战栗——腾格里沙漠竟是连胡杨都无法存活的地方！

绕过这座沙丘，眼前豁然开朗，一道厚实的芦苇荡仿佛要把整个沙漠挡在自己身后。湖水依然没能看到，但大家似乎不再关心湖水的存在与否。在寂寥的大漠中奔波了大半天，能看到绿色的植物就已倍感幸福。于是大伙儿扑过去，呼喊、尖叫、奔跑……芦苇丛中扑棱棱地往外飞着五颜六色的鸟儿，也有长腿儿的水禽，但却没一只能叫出准确的名字。当众鸟飞上天空，笼罩腾格里沙漠的死亡气息瞬间被打碎了。这时抬头张望，天原来那么低矮，丝丝缕缕的白云漫不经心地游弋着。芦苇荡里隐藏着一条窄小的木板路，我们踏上木板路的同时也就隐藏在了芦苇荡。

现在我可以悄悄告诉你：亲爱的，我们从腾格里沙漠中消失了！与我们同时消失的还有时间和荒凉。

月亮湖突兀地出现在我的眼前。我还没有准备好迎接它的美丽，一瞬间似乎有些灵魂出窍。四周依然是远远近近的沙丘，可是舒展在眼前的，却是如镜的湖泊。风有一下没一下地吹着，水面宁静得如同睡梦中的处子。一叶小舟往湖心泊过去，我坐在船尾伸手在湖水中打捞，捞起一串清脆的水滴声。闭上眼睛想，这五六个平方公里的水面，让四万三千平方公里的腾格里沙漠全然成为陪衬！神奇的造物啊，竟把最美的风景留在了最深的寂寞中。

常听说"美丽的地方不富饶，富饶的地方不美丽"，然而我却觉得美丽的地方都是富饶的。因为这美丽，我们的灵魂才可以从纷纷扰扰的现实中抽身而出，重获安详和宁静，这样的财富可不是富饶二字所能比拟。爬上湖畔一处沙丘，众人都在欢呼着照相留影。看着西天上那轮红色的落日，我取出背包中的矿泉水瓶，缓缓将一捧捧细沙装进去。同行的长者笑着说："你要把沙子带回北京啊？"我说："我要把月亮湖畔的腾格里沙漠带回去。"

1. 这篇游记在描写月亮湖的美轮美奂之前，用了许多笔墨叙述了去月亮湖途中的艰辛以及月亮湖周边环境的荒凉寂寞，这种写作上的安排有什么好处？

2. 作者在文中写道"眼前的这些胡杨，却都是死去的。它们的确未曾腐烂，被人们搬运至此堆砌成墙，意在告诫后人：就算是荒凉死寂的地方，也曾有过繁花似锦的生命盛景；就算是繁花似锦的地方，也可能沦为荒凉死寂的所在"，这段话有何寓意？

3. "一叶小舟往湖心泊过去，我坐在船尾伸手在湖水中打捞，捞起一串清脆的水滴声。"作者在文中写到水滴声时用到了"捞起"一词，有何巧妙之处？

4. 谈谈你对作者在文章结尾写下的"我却觉得美丽的地方都是富饶的"这句话的理解。

参考答案：

1. 将月亮湖置于特殊的地理环境之中，从而形成强烈的对比，更能映衬月亮湖的美丽和大自然的神奇。

2. 寓意是告诫后人：繁花似锦的地方也可能沦为荒凉死寂的所在，要敬畏自然，保护环境。

3. 为了渲染月亮湖的静谧之美。捞起水滴声，将实实在在的人的动作、水滴的形象与听觉中的水滴声融为一体，营造出饱满而富有质感的画面。

4. 这句话是针对人们常说的"美丽的地方不富饶，富饶的地方不美丽"而生发出来的感悟和思考。美丽不仅仅局限于风景，也指能够带给人们心灵世界那种静谧和启示。

花　事

一年前，我买了一株绿萝，两盆虎皮剑兰，四盆吊兰。后又陆续增添了水仙、蝴蝶兰等品种。因为花花草草，我的生活有了几分诗意。给花儿浇水时，我开始把自己想象成解甲归田的边塞诗人。

最早搬进家的是绿萝。那是去年冬天一个飘雪的下午，花店老板亲自送了过来。看着好大一株绿油油的植物从车上抬进屋子，我心头充满了喜悦。平日里我以素食为主，所有植物在我眼中都是亲切的。我喜欢绿萝，因为它是一株健康的植物。按照花店老板的建议，我把绿萝放在了客厅。然而没过多久，绿萝的根部就出现了黄叶。我立即将黄叶摘掉，但心里开始有些担忧。摘掉黄叶的绿萝看上去有些滑稽，像理发时不慎剃掉眉毛的少年，傻傻地站在角落里。又过了几天，绿萝变得无精打采了，硕大的叶子像霜打了一样耷拉下去。我浇了几次水，无济于事；我又将它搬到暖气边上，依然无济于事。于是我拨通花店老板的电话，问她应该怎么办。她说："绿萝生命力很强，刚离开温室有些不适应，过段日子就好了。"我想了想，觉得有道理。绿萝像人一样，到了新的环境也需要适应。想想刚刚参加工作时的自己，也曾有过适应环境的烦恼。那时自己的状态比这株蔫头耷脑的绿萝更糟糕。于是，我把绿萝搬进了卧室。以我的经验，适应新环境最好的办法就是消除孤单感。我想，搬进卧室的绿萝或许会好起来。果然，没过多久，绿萝就缓过了神。冬天过去时，绿萝彻底苏醒了，抽枝，吐叶，尽情舒展起身子。

和绿萝同时搬来的还有两盆虎皮剑兰。虎皮剑兰让人很放心。它们像谦谦君子一样安静，安静得几乎能让人感觉到某种阴郁。去年冬天，我甚至没给它们浇过水。我仔细观察过它们的枝叶，那些镶着金边虎皮花纹的枝叶很坚硬，像一簇毫无生机的塑料制品。春天到来时，我开始给它们浇水了，我想它们纵使真如谦谦君子，也是需要获得滋润的。现在，一年时间过去了，两盆虎皮剑兰全都长高了。花盆里甚至还冒出几簇鹅黄的新苗。我的一位朋友也养着虎皮剑兰。他说:"虎皮剑兰不好看,但是很好养,你对它好它活着,你对它不好它也活着。"这多少有些耐人寻味了。

吊兰最普通,也最让人省心。刚送来时,花店老板直接把吊兰放进新买的实木衣柜。衣柜出厂时间短,油漆味没散尽。四盆吊兰占据了衣柜的几处空间。我说:吊兰不会被油漆味熏着吧?花店老板说:就是要让它们吸味。我只好眼睁睁看着吊兰被安置到柜子里。尽管柜门敞开着,但我总觉得它们像走进奥斯维辛集中营毒气室的无辜少年。所幸,后面的日子,它们似乎没有受到任何影响。每次浇水后,吊兰的生命力在几分钟内就能展示出来。吊兰在衣柜里待了几个月后,被拎出来放进了书房。那时衣柜已没有多少气味了。有时候,我出远门,十天半个月,甚至更久,回家时看到吊兰全蔫了,倒伏在花盆上,于是连忙浇水,希望它们能够活过来。结果,每次浇水后几小时,当我再次返回房间,总能发现吊兰像往常那样郁郁葱葱地醒了过来。或许,世间万物,生命力愈强,受的折磨便愈多。我在心里说,再不能让吊兰忍受干涸的折磨了。有几次,我心生感慨,觉得吊兰其实很像故乡的亲人们,甚至像天底下所有的农民,他们一辈子忠实于水的温柔,也忠实于水的伤害。

真正触动我心灵的是水仙。去年春节前拥有后,水仙就放在客厅最显眼的位置。它修长的身体,蠢蠢欲动的花骨朵,总让我觉得无限美好。一个深夜,水仙突然怒放了。我恰巧在看一部纪录片。我的目光离开电视机,目睹了水仙花儿怒放的瞬间。一束束花儿,像缓缓舒展身子的天鹅,把虚幻的天籁带到了尘世。水仙花儿的美充满了爆发力,她们的美惊人而不朽。我从没见过还有哪些花朵会如此神奇地绽放。那个夜晚，我坐在沙发上，静静注视着徐徐伸展的水仙花儿，半天没说一句话。第二天，我去了外地出差。几天后，从首都机场一出来，我就急匆匆往家里赶。推开门，我惊呆了——水仙枯萎了，花儿全败了，花瓣落满桌子。我再次坐在沙发上，半天没说出一句话。我的耳畔响起一首歌，歌名就叫《水仙》。我仿佛看到一位歌者在黑暗中泪流满面。从此，我再没养水仙。

蝴蝶兰是高贵的花儿。我却因为自己的无知而伤害了它。拥有蝴蝶兰后，我们安静地度过了一段幸福时光。那些天，蝴蝶兰立于电视柜上。每天晚上，当我开始坐下来看东西，蝴蝶兰就袅袅婷婷地站在我双目的余光之中。那段日子，我目睹了一朵又一朵蝴蝶兰的绽放。蝴蝶兰的绽放不急不缓，就那么有一下没一下地开着，显得高贵而典雅。某一天，我忽发奇想要给蝴蝶兰换个盆子。或许，这样能更长久地看到蝴蝶兰的美丽。然而，当我移栽完毕，前后不到十分钟，蝴蝶兰的花瓣全部凋零了！看着光秃秃的枝条，我懊悔万分。蝴蝶兰和水仙一样，在我生命中一闪而过，将刻骨铭心的记忆留给了我。

最近，北京迎来入冬后最冷的日子。我突然有种冲动，渴望再养几盆花。虽然，与去年相比，我依然是不合格的花农。但我觉得自己渐渐走出了那个懵懂的阶段，明白了一些花儿的事情。比如，所有花儿都有自己的灵魂，它们渴望遇到真正读懂自己的人；一些花儿是有理想的，它们必须按自己的想法去生活；一些花儿是不等人的，你迟来一步都将与它们永远错过；一些花儿需要呵护才能妩媚动人……还有更多的花儿，它们是上帝留给人类的谜语，要让我们用更漫长的时间去认识和冥想。

我已经三十多岁，去过许多地方。然而愈是奔波，便愈是寂寞。想想花儿，一生枯站在小小的泥土上，它们的寂寞该有多深？或者，天底下的花儿又是不寂寞的，一小片知冷知热的泥土就能让它们彻底满足。真可谓智者坐地成佛，愚者走遍天下。还有一种可能，花儿是为了治疗尘世中的病人，才不惜放弃与山川河流的约会，毅然决然地出现在我们糟糕的生活中……那么，还是让我说声谢谢吧。带着深深的情、浓浓的意、厚厚的爱，向流逝着的白昼和黑夜说：花儿出现，光就出现，美神就出现，我已全部看见。如果，今生今世，我能成为一名真正的诗人，那或许与花儿带给我的温暖和感动有关。

1．作者详细写到了哪几种绿植和花卉？在写作上有哪些特点？

2．作者在文中写道"觉得吊兰其实很像故乡的亲人们，甚至像天底下所有的农民，他们一辈子忠实于水的温柔，也忠实于水的伤害"，这句话有何寓意？

3．作者为什么"从此，我再没养水仙"？说说你的理解和看法。

4．谈谈你对文章标题"花事"的理解。你感觉这篇文章仅仅是在谈论养花的故事吗？

参考答案：

1．作者在写作中详细写到绿萝、虎皮剑兰、吊兰、水仙、蝴蝶兰五种绿植和花卉，都写到了具体的故事，而且运用了拟人化的写作手法，增强了文章的感染力和启示性。

2．由吊兰联想到故乡的亲人们以及天底下的农民，将吊兰的故事与乡村的生存故事巧妙联系起来，有效扩大了故事的内涵。

3．作者去外地出差几天，水仙无人照料，最后兀自凋零。看到枯萎的水仙花，让作者黯然神伤。触景生情之后，作者再没有养过水仙花。

4．这个标题内涵很丰富。这篇文章不仅仅是在谈论养花的故事，文中浓缩了许多生活和人生的感悟，读来耐人寻味，富有较强的启示性。

逆光下的地坛

多年前的一个下午，一位失魂落魄的年轻人摇着轮椅进入古园。那时古园杂草丛生、荒芜冷落，年轻人抬头张望，看到一枚猩红的太阳斜斜地挂在天上。他的影子拖在地面上，仿佛与时间纠缠不清。他感觉自己被巨大的虚无包围了，神情开始变得恍惚……

这位年轻人名叫史铁生，他所走进的古园就是地坛。

或许是造化弄人，史铁生在生命中最狂妄的年龄上突然双腿瘫痪，他的心被命运的大手揉成了碎片。由于残疾，他找不到工作，看不到希望，大地上的每一条道路陡然变得漫长起来。有段日子，史铁生每天神色匆匆摇着轮椅出门，但他不知道自己要去哪里，他的眼睛里充满复杂的神情。

然而，那个不同寻常的下午，史铁生找到了"逃避一个世界的另一个世界"。他认定地坛就是上天为自己苦心安排的修炼之地。于是，他开始整天往地坛跑，就像上班下班一样早出晚归。

世界依然喧嚣，但走进地坛的史铁生渐渐平静了下来。

在地坛，史铁生日复一日、年复一年地陷入遐想。他开始重新思考自身的残疾，继而开始探究精神的残疾。在对灵魂的反复拷问下，他想到了生命的价值与生存的意义，他觉得这一切都可以放进信仰的摇篮，将整个宇宙晃动起来。仿佛得到某种神秘的启示，史铁生开始写作了。

静静坐在地坛的史铁生，比四处奔走的人更关注现实世界的状况。在作品中，他一次次追问究竟是何种荒谬的原因导致了人生的悲剧。而在创作《务虚笔记》时，他开始毫不留情地解剖起人的灵魂——何为人生的价值？在追求实现人生价值的过程中人们丢掉了哪些东西？他睿智而冷静的言辞让阅读者感受到某种神秘的战栗。

史铁生失去了自如行走的能力，但他的精神跋涉从未止息。对爱的信仰，让他坚信人生的意义就在于超越俗世的苦难，获取灵魂的温暖。在他看来，人生类似于无数生命的单调循环。茫茫宇宙中，这样的循环充满了孤独和荒谬。而真正的救赎之路，凭借健步如飞的双脚未必能够走完。史铁生相信，加入伟大的精神之旅才是完成自我救赎的唯一办法。

"你以什么样的形式与世界相处，你便会获得或创作出什么样的艺术形式。"史铁生视真诚为作家创作的基本素质，这种素质将以艺术的朴素得以再现。文学创作之于史铁生，其实只是一场"赴死之途上真诚的歌舞"。从不写诗的史铁生，他本身就是一首诗，令人读罢心绪宁静。

当我开始阅读史铁生作品时，他已在轮椅上度过了将近二十个春秋，写出了《我的遥远的清平湾》《命若琴弦》等重要作品。

在北京，我也常去地坛，有时候逛书市，有时候看庙会，有时候没啥事，就在地坛里静静坐会儿。地坛，已成为热闹的地方，唯有琉璃瓦上的青苔透着一丝沉寂。

在地坛，我没有遇见过史铁生。但我知道每条路上，每棵树下，都有过史铁生的身影。我想，对史铁生而言，最初的写作或许仅是释放心灵的痛苦，而随着时间推移，写作日渐重要——除了找回生命的尊严，史铁生还将在自己构筑起来的文学世界中重活一次。

二〇一〇年十二月，史铁生走完了自己的尘世之路。有人提议在地坛为史铁生塑像，也有人提议将史铁生的骨灰安葬在地坛。而我想作一幅画——一位年轻人在地坛的苍松古柏下逆光伫立，他的身后有一架破败的轮椅……

1. 第一自然段中对地坛的场景描写，以及"年轻人抬头张望，看到一枚猩红的太阳斜斜地挂在天上"的文字叙述，暗含着怎样的写作手法？

2. 史铁生为什么会"一次次追问究竟是何种荒谬的原因导致了人生的悲剧"？

3. "在北京，我也常去地坛，有时候逛书市，有时候看庙会，有时候没啥事，就在地坛里静静坐会儿。地坛，已成为热闹的地方，唯有琉璃瓦上的青苔透着一丝沉寂。"作者在文中写下的这段话表达了什么样的感情？

4. 谈谈你对作者在文中写下的"我想，对史铁生而言，最初的写作或许仅是释放心灵的痛苦，而随着时间推移，写作日渐重要——除了找回生命的尊严，史铁生还将在自己构筑起来的文学世界中重活一次"的理解。

参考答案:

1. 这是一种暗含着心理描写手法的叙述方式,可以将史铁生在遭受命运重大挫折后的绝望心境和痛苦情绪表现得更加充分和真实。

2. 因为史铁生特殊的不幸遭遇,让他对生死和命运有了更深刻的体会和思考。

3. 表达了对史铁生的怀念和尊敬之情,也由此对人生和命运有了新的理解。

4. 这句话是对史铁生何以走上写作道路的思考,同时也是理解史铁生作品的一把钥匙,阐述了文学对于生活的存在意义。

想象的力量

"他去了,狂野的怒火再不会烧伤他的心",这是乔纳森·斯威夫特为自己撰写的墓志铭。一七四五年十月十九日,当这位饱受病痛之苦的作家走到生命尽头时,他的代表作《格列佛游记》依然被人们喋喋不休地争论着。数百年后的今天,这本书的读者已遍布世界各地。然而,人们对乔纳森·斯威夫特和《格列佛游记》的认识依然在更新着。这部以航海和探险为背景的作品,也像那段特殊的历史一样不断显示出发现的快乐。

毫无疑问,乔纳森·斯威夫特是一位批判现实主义作家。一七二六年,《格列佛游记》出版之后,立刻在英国引起很大争议。人们对书中主人公格列佛离奇的航海故事津津乐道，很多人"自觉"寻找到可以对号入座的现实。在文学史上，人们对这本书的评价在相当程度上沿用了那个时代较为普遍的看法：这部作品以主人公格列佛自述的形式，讲述了他在数次航海历险中进入小人国、大人国、飞岛国和慧骃国等国度的荒诞故事，以讽刺、夸张、变形等诸多手段，讽刺了英国的社会现实。比如小人国里的"高跟党"和"低跟党"因为政治分歧而积怨极深，甚至不在一起吃饭和说话；为了吃鸡蛋时打大端还是打小端竟然引发两个国家的战争；等等。可以说，当时的读者已经认定这是一部讽刺英国社会的作品。

但是，随着通过航海探索未知世界的时代成为历史，人们渐渐淡忘了乔纳森·斯威夫特笔下所讽刺的现实世界。坦率地讲，人们不再对那个令乔纳森·斯威夫特耿耿于怀的英国产生兴趣。包括怀揣政治理想、奋笔疾书的乔纳森·斯威夫特本人，也在岁月的薄雾后显得越来越不真实。而作家曾在书中流露出的所谓"反人类"情绪，也被读者们渐渐宽容了。今天，再不会有人以愤怒的语气谈论这部传奇作品。

鉴于乔纳森·斯威夫特在《格列佛游记》中表现出来的充满童话色彩的"异想天开"，很多读者更愿意将这部作品视为优秀的儿童文学名著。事实上，此后的数百年间，这部作品也确实成为孩子们喜爱的作品。格列佛的航海奇遇总是把人们引向一个又一个迷宫般复杂的故事和情节之中，而在种种历险之后，他总能凭借机智、勇敢和运气重回故国。

然而，这一切就是《格列佛游记》成为世界名著的原因吗？

然而，乔纳森·斯威夫特仅仅是一位对其栖身的时代心存异见的幻想家吗？

我认为，乔纳森·斯威夫特并不是仅仅在讽刺那个时代的英国，他最伟大的壮举就是毫无保留地在《格列佛游记》中写下了自己对世界的理解和对人类的忠告。

我还认为，乔纳森·斯威夫特依靠想象完成了一次革命，他证明了一个问题——批判现实也需要想象力。或许，正是由于想象力的介入，作家才真正获得了艺术创作的力量，对现实世界批判时才显得入木三分、幽默风趣、打动人心。

数百年后的今天，当获得诺贝尔文学奖的作家莫言因为说出"政治教人打架，文学教人恋爱"而赢得喝彩时，我们却不得不承认：乔纳森·斯威夫特，这位政治理想远远大于文学理想的作家，在让政治成为文学的同时，也让文学成为了政治。乔纳森·斯威夫特轻松化解了政治和文学的对立，他所拥有的本领只有与大师身份才能相匹配。但他从未因此而得意，与之形成对比的是他的表白："我宁愿用最简单朴素的文笔把平凡的事实叙述出来……"毫不客气地说，仅凭这一点，乔纳森·斯威夫特就值得今天的写作者们虚心学习并且重新去发现。

1. 通过阅读这篇文章，你认为《格列佛游记》仅仅是一部儿童文学作品吗？

2. 你认为作者在文中写下的《格列佛游记》成为世界名著的原因是什么？

3. 试举例说明，在乔纳森·斯威夫特的笔下，"批判现实也需要想象力"是怎样得以实现的？

4. 作者认为"乔纳森·斯威夫特值得今天的写作者们虚心

学习并且重新去发现"的理由是什么？

参考答案：

1. 这部作品是一部充满象征和隐喻的作品，是将诸多批判现实的思想融入其中的作品，不是一部简单的儿童文学作品。

2. 作者认为乔纳森·斯威夫特并不是仅仅在讽刺那个时代的英国，其最伟大的壮举就是在《格列佛游记》中写下了对世界的理解和对人类的忠告。

3. 比如小人国里的"高跟党"和"低跟党"因为政治分歧而积怨极深，甚至不在一起吃饭和说话；为了吃鸡蛋时打大端还是打小端竟然引发两个国家的战争；等等。

4. 乔纳森·斯威夫特轻松化解了政治和文学的对立，以文学的方式揭示和批判了现实世界的种种问题，带给读者深刻的启示。

哥们儿

十月底，在银川飞北京的飞机上，我翻开《北京晚报·五色土》副刊，第一眼就看到哥们儿的文章《一匹记忆中的马》，写的是一匹马和全家人的故事。马被卖过数次，但最终都执着地回来了。最后，马老了，死了，有人上门求购马尸，哥们儿的父亲拒绝了。全家人将马埋在了自家田地里。很简单的故事，但人与马那种淳朴的感情却足以打动人心。多年前，我在湖南衡阳写过一首诗——《骏马消失的夜晚》，内容也与马有关，当时我曾将这首诗寄给哥们儿。多年后，看到哥们儿记忆中也有一匹马，颇有知音重逢的亲切感。

刚上大学时，我有幸到陕西文艺广播电台的文学节目做嘉宾，在朗诵完自己的诗歌后，听众开始打电话进来，导播接通的第一个电话就是哥们儿的。哥们儿在电话里大着嗓门赞美我的诗，让我激动得手心直冒汗。我忘记了在节目中对哥们儿说谢谢，只说了句欢迎日后多交流什么的。但我记住了哥们儿的西北口音，记住了他的名字。这名字，其实我早就熟悉了，就像哥们儿熟悉我的名字一样。尽管，我们从未见过面。或许是缘分，我和哥们儿经常"同台演出"——在好几家校园期刊上，我们的文字总是不约而同发表在同一版面。甚至在《星星》这样高水平的纯文学刊物上，我们也有过同期发稿的经历。

一天晚上，我从图书馆回到宿舍，看到桌上放着一张纸条，上面写着一个女孩子的名字和电话号码。舍友马金平说，这是二楼中文系的师兄转来的，让我务必回电话。联系上之后才知道，女孩子名叫马国玉，是哥们儿的姐姐。马国玉也在师大读书，而且就在中文系，比我们高一级或两级，我记不太清了。马国玉说，弟弟让她一定要见见我。其实，在马国玉联系我之前，我和哥们儿已经有书信往来了。马国玉给我讲了很多弟弟痴迷写作的事。马国玉说："我们老家在青海省乐都县一个小村子，家里经济条件不怎么好，弟弟从上中学就喜欢写作，在地里干活也带着笔和纸，休息时就坐在锄头把儿上写作。"那时候，哥们儿主要是写诗。我印象最深的是马国玉对弟弟的评价很高，她很疼爱弟弟，她说弟弟非常喜欢读我的诗。这让我既感到汗颜，又感到温暖。

之后，我和哥们儿的书信交流更频繁了，有时我们也打电话，说东道西，谈文学，谈学习。其实，当时我们都在西安读书，我在陕西师大，哥们儿在公路交大。然而在漫长的大学时代我们竟从未面对面交流过，这真有些不可思议。之后两年，哥们儿毕业去了江苏海安，我们依然保持着书信联系。哥们儿成了领工资的人，而我还是个没毕业的学生。他曾在信中夹了一百元钱寄给我，说写文章要抽烟，算他请客了。其实，我是不抽烟的。但哥们儿的真诚让我很感动。

哥们儿的写作才华开始在江苏海安崭露头角。一天晚上，我接到江苏一家广播电台打来的电话，让我谈谈对哥们儿的哲理美文创作有何看法。我只知道哥们儿的诗写得有根有叶、有血有肉，但对他的哲理美文没怎么注意过。虎头蛇尾说了几句，然后问主持人是不是连线播出。这时我听到了哥们儿的声音，得知是录素材。这件事随后被哥们儿写到文章里发表了。

大学毕业后，我也离开了西安。在广西桂林临桂县，我曾躺在荒草丛中读过哥们儿寄来的信和诗；在湖南衡阳车江镇，我曾坐在湘江边上读过哥们儿寄来的信和美文；在广东象头山，我继续读着哥们儿寄来的信和美文……总之，在我生命中最困难最寂寞的日子，哥们儿的信总是像美好的鸽子翩翩飞来。这种漂泊在邮车上的友情，让我的心头始终有一股暖流。当我离开象头山后，我们的书信往来开始减少了。哥们儿结婚了。他的生活内容更加丰富了。

二〇〇五年的一天，哥们儿打来电话，说咱兄弟俩要见面了。哥们儿参加全国公路交通系统会议，要出差来北京。我们约好了时间和地点。哥们儿说，就在天安门前见吧，让毛主席见证咱哥儿俩的友谊。第二天，我拎着相机到了天安门广场，一眼就看到站在金水桥前东张西望的哥们儿。见面后俩人都很高兴，哥们儿还带了几名朋友。大伙儿手忙脚乱地合了几张影，然后四处走了走。快中午时，我请大家去吃饭。饭桌上，大伙儿才知道我和哥们儿之前从未见过面，一个个流露出匪夷所思的神情。我笑着说，我们以精神交往为主，简称"神交"。哥们儿说，我们已经在梦中见过无数次了。大伙儿都笑了。

士别三日，便当刮目相看。第二年，哥们儿又来北京了。他已经是《读者》杂志的签约作家，一本哲理美文作品集即将出版，特地赶来和出版社签合同。我们约好在中国木偶剧院附近的石油宾馆前见面。我赶过去后，站在马路边张望了半天也没有发现哥们儿的踪影。冬日的街头人流并不多，路对面的马路牙子上仅仅站着一位孕妇。这时手机响了，我一看是哥们儿的。哥们儿喊，你到了没？我说到了，你在哪呢？哥们儿喊，看见了看见了，我看见你，我就在路对面的马路牙子上站着呢。我仔细一瞧，原来那位孕妇就是哥们儿。一年不见，我的兄弟竟然"横向发展"了。心头又惊又喜。俩人找了家羊蝎子店，边吃边聊，才知道哥们儿的作品已被CCTV-10"子午书简"栏目播出过，而且很多美文被国内中学选为阅读题。因为有写作特长，哥们儿被上级单位借调到南通市。哥们儿的消息让我替他高兴。我说，我已经不怎么写作了，大部分时间在写八股文。分别时，哥们儿在路边花几元钱买了个锯末娃娃，脑袋上能长草的那种，说要拿回去哄老婆开心。我们哈哈大笑。

之后哥们儿来过北京，但我们没有见面。因为工作原因四处奔波，我再没有顾得上和哥们儿联系。但我会偶尔看看他的博客，知道他生命中最重要的作品已经诞生了——那就是他的女儿马小福。哥们儿的书接连不断地出版着，他的哲理美文渐渐摆脱了市场上大路货的窠臼，开始有更多的思考和体验。我相信，哥们儿已经真正触摸到了文学的呼吸和心跳。

我希望哥们儿还能偶尔写一首诗。希望他找到真正属于自己的文学故乡，然后播下理想的种子，伸展生命的根须，最终让我们看到一片森林。

哥们儿姓马，名国福。他曾这样介绍自己：人是俗的，泥腿子后代，泥土地长大，靠写公文材料养小命，凭业余写稿混点小钱。现在偶尔系领带穿西装，但看上去不正经；时常酒肉穿肠过，但饱嗝里还有土豆气息……

我相信，自己将看到一位崭新的哥们儿。

1. 这篇散文写到了作者与好友的一段友情，你认为是什么原因让这种友情得以长存？

2. 试谈谈你认为作者"希望哥们儿还能偶尔写一首诗"的原因是什么？

3. 作者笔下"我相信，自己将看到一位崭新的哥们儿"表达了怎样的感情？

参考答案：

1. 在青少年时期共同追求文学理想过程中结下的深厚情谊，在生活的种种困境中长期坚持写作、矢志不渝为梦想而坚守的精神让彼此成为有着深度精神交流的挚友。

2. 希望彼此不忘初心，心中有诗意，脚下有远方。

3. 表达了对朋友的期望和祝福之情。

我说姜长源

俗话说：姜是老的辣。我却要说姜到老时如醇酒。我说的老姜，是姜长源，一位画家。我没有画画的理想，但我把姜长源叫老师。初见姜长源，你绝不会相信这是一位一九三八年生的人。姜长源精神矍铄，衣着朴素而整洁，举手投足透着诗书之气。他每天坚持学习和创作，精力旺盛得像个小伙子，我和他打乒乓球，全力以赴未必能取胜。我曾在报纸上看到过一篇文章，说姜长源是集书法家、绘画家诸多头衔于一身的当代艺术名人。我只见过他的画作，又好奇心强烈，忍不住要求证。姜长源便严肃地说："我只是一个画家！"

姜长源对绘画的热爱始于童年。五岁时他被母亲的刺绣和剪纸所吸引，学着描摹美丽的花纹，描摹得颇有味道。旁人看了就说这娃娃日后怕要当漆匠！那时漆匠有在家具上描绘图案的技艺。时光飞逝，种子成芽，芽又成树。终有一日，姜长源涉过村口的大河走向县城的新华书店，他要去看不掏钱的书了！幼小的姜长源从心灵深处热爱着绘画，又无师自通地学习着绘画，他觉得画什么像什么真是一件快乐的事情。当然，那时的姜长源尚未意识到还有一门艺术叫摄影。

几年后，姜长源的绘画天赋开始显露。县文化馆下乡送戏，要演刘胡兰舍生取义，演出前一天却发现幕布丢了。站在一边看热闹的姜长源说："我会画。"文化馆的同志一看是个还没桌子高的小男孩，挥挥手说一边玩去。姜长源不服气，捡根树枝就在地上呼哧呼哧画起来，三下五除二一排烧焦的房子出现了。文化馆的同志顿时目瞪口呆。幕布终未画成，但姜长源的天赋却被人们知道了。这个世界上不乏少年成名的故事，但这些故事都与穷苦人家的孩子毫不相干。少年成名需要天赋，需要阳光和雨露，需要前有人拉后有人推。姜长源虽有天赋，也只能像一朵野花在村庄里慢慢成长了。

所以直至参军之后，姜长源才开始了真正意义上的绘画学习。一群艺术家到连队写生，这帮人手握炭笔唰唰唰一阵涂抹，一群战士就跃然纸上、活灵活现。姜长源一看人家这手段，当即上前拜师了。后来他才知道，这只不过是速写。姜长源惭愧了，他意识到自己在专业知识上的浅薄，于是拼命学习文化功课。然而在部队里，姜长源从事的是宣传工作，放电影、办黑板报、画海报……日复一日被琐事纠缠，年复一年为生计奔波。多年后，姜长源终于通过努力到中央美术学院进修。他先学油画，学成后觉得油画并不适合自己，于是又转习国画。

一个人热爱某件事不算稀奇，但如果这种热爱恒久地持续下去，那么奇迹或许就要发生了。姜长源将全部身心投入到绘画上。谈恋爱时他对女朋友说："如果我们在一起，你可不能干涉我画画啊！"女朋友欣然允诺，婚后却发现姜长源对绘画的热情简直要用惊人二字来形容，于是抱怨自己反受了冷落。这时姜长源一边在宣纸上涂抹着一边对妻子说："我们可是有言在先啊！"呵呵，爱情这东西，和什么样的人结婚就有什么样的命运。跟艺术家做夫妻，可以享受艺术的情趣，但也要受艺术的拖累啊。一转眼姜长源就和妻子走过了四十余年的婚姻之路，他们的爱情历久弥坚，但绘画却见证了一万五千个日日夜夜。如今姜长源依然坚持创作，妻子默默地支持着老伴。姜长源说："我的终生事业就是绘画，绘画是我生命的一部分。"

促膝而谈几分钟，你就会发现姜长源的思想真是年轻，他并没有完全将自己的创作囿于释、道、儒的套路中。姜长源坦言，在表现当代生活题材时，国画确实没有油画那么直接。我曾听说，近年来一些国画艺术家推陈出新，比如在绘画工具上动脑筋，使得海绵、塑料纸、化学泡沫、食盐等等东西都成了创作的秘密武器。我就担心今后会不会有人在暗房和印刷厂里创作国画呢？艺术家惦记着创新无可厚非，想在色彩领域对国画进行改良也自有道理，坚持走传统的创作路子并不是不可。而姜长源却坚定地认为，这一切对艺术家而言并不重要，重要的是必须明确艺术创作的重心。重心何在？姜长源认为这个重心在当代！细读姜长源的作品，你会发现他一方面继承了国画的水墨风范，另一方面也有大胆的涉彩之笔。而且他的作品都藏着一双眼，你能感觉到画面上浓缩了观察和思考。于是姜长源的作品便有了融贯中西的气质，风格清逸俊朗、形简线畅、色丽神清、个性鲜明。上帝只给你一根针，你却偏要去掘井，那么你就做圣徒吧。姜长源有着豪华的艺术理想和勃勃的创作野心，但命运给他的却只有一管秃笔。数十年的刻苦修行，数十年的孜孜以求，数十年的灵魂拷问，姜长源的思想和作品进入炉火纯青的境地。这些年来，姜长源两次在中国国家美术馆举办个人画展，作品屡次入选全国美展，摘得的艺术大奖能用箩筐来盛，美国、德国、日本、韩国等国家及地区均有其作品收藏……正因为如此，我才固执地认为姜到老时如醇酒。

自从媒体报道了姜长源其人其画，就不断有人来求画。姜长源是一位心地极善良的艺术家。这些年他为读者们赠出的画难以计数。我故意问他："如果人家求了你的画，一出门就去换现金，你会不会痛心？"姜长源咧嘴一笑，说既然给了人家，后面的事情就顺其自然吧。说句老实话，这些年书画市场竞争日益激烈，但相应的规范和制度并不健全，假画常常占据市场极大的份额。李鬼牛气冲天，李逵却要靠边站。依靠创作假画发家致富和飞黄腾达的人比比皆是。一心想着名想着利的艺术家虽说令人不齿，可他们却乘宝马奔驰、居豪华别墅、厮混于政客名流之间，你不服气又能奈何？我说："您干脆也仿几幅价值连城的古画，告别这个阴暗的小画室得了。"姜长源的画室在一座空旷的礼堂内，他白天在这里画画，晚上回家。而我就住在礼堂的二楼，夜夜在猫头鹰的打嗝声中写作。因为这层关系，我们虽有四十年的年龄差距，但照样成了忘年之交。姜长源的画室其实是个楼梯间，低矮而潮湿，只能并排坐两个人。他知道我在开玩笑，却严肃地说："艺术的价值是金钱无法衡量的！"哎，都说钱能通神，可是当钱遇到理想主义者呢？比如遇到姜长源这样的艺术家，那金钱只能折戟沉沙了。

　　艺术家都明白"功夫在诗外"的道理，因此需要融入生活、了解生活。由此可见艺术细胞也是能从小培养的。可是一个人的理想和追求该如何培养呢？一个人持之以恒地热爱一项事业，几十年甚至一辈子毫不懈怠地去探索和思考，能通过外界的培养修成正果吗？猫不能拉车，狗不能下蛋。人的一生适合做什么就该做什么。人生在世，弹指间诸事成空，最珍贵的莫过于在生命的历程中爱自己所爱、梦自己所梦、追求着自己的追求。只要能安妥灵魂，就算登不上顶峰又有何妨？祝姜长源老师健康快乐，享受绘画情趣，厮守幸福时光。

1. 这篇散文写道：我曾在报纸上看到过一篇文章，说姜长源是集书法家、绘画家诸多头衔于一身的当代艺术名人。我只见过他的画作，又好奇心强烈，忍不住要求证。姜长源便严肃地说："我只是一个画家！"作者想通过这段文字刻画艺术家怎样的个性？

2. 作者在文中写道"姜长源虽有天赋，也只能像一朵野花在村庄里慢慢成长了"，谈谈你对这句话的理解。

3. 作者为什么认为"遇到姜长源这样的艺术家，那金钱只能折戟沉沙了"？

4. 这篇写艺术家的文章在写作方法上有哪些特点？

参考答案：

1. 对人生和艺术求真务实的个性。

2. 作者认为在现实中要想少年成名，仅仅凭借天赋是不够的，还需要更多外在的扶持和帮助才能取得成功，而对于乡村少年姜长源来说显然非常困难，需要在生活的磨砺中慢慢成长为一棵大树。

3. 因为姜长源认为艺术的价值是金钱无法衡量的，而且他有着坚守原则的个性，长期坚守清贫的生活，心无旁骛投身于美术事业，并非以金钱为追求目标。

4. 夹叙夹议，是这篇文章的最大特点，而且在叙述过程中不断引入故事、背景分析、批评理念等，使得文章具有深入浅出、亦庄亦谐的风格特点。